ALPHONSE LABITTE

Les Envolées

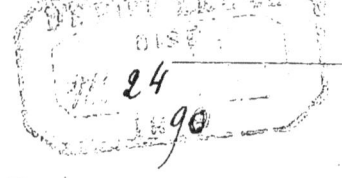

Les Larmes. — Les Joies. — La Dernière Nuit.

COMPIÈGNE

IMPRIMERIE A. MENNECIER

17, Rue Pierre-Sauvage, 17

—

1890

LES ENVOLÉES

DU MÊME AUTEUR :

Mignonne	1 vol. in-18.	Prix : 1 fr. »
Les Sentimentales...	1 — in-18.	— 3 »
Aubes et Crépuscules	1 — in-18.	— 2 »
A la Colonne......	1 v. br. in-12.	— » 50
Matin Religieux ...	1 — in-18.	— » 50
L'An Neuf.........	1 — in-18.	— 1 »
En plein Ciel......	1 — in-18.	— 3 50
Le 108ᵉ Uhlans....	1 — in-18.	— 3 50
Le Roman d'une Rose	1 — in-18.	Prix : 3 50

EN PRÉPARATION :

Etude sur les Livres manuscrits et l'Art de les orner,
1 vol.

Traité élémentaire du Blason, 1 vol. orné de nombreux
dessins.

Compiègne. — Imprimerie A. MENNECIER, rue Pierre-Sauvage, 17.

ALPHONSE LABITTE

ALPHONSE LABITTE

Les Envolées

Les Larmes. — Les Joies. — La Dernière Nuit.

COMPIÈGNE

IMPRIMERIE A. MENNECIER

17, Rue Pierre-Sauvage, 17

1890

NOTE DE L'ÉDITEUR

Nous avons pensé qu'il était utile, pour bien faire connaître le tempérament sentimental du poète dont nous publions un nouveau recueil, de donner aux lecteurs la biographie qu'en a faite l'éminent professeur de l'Association philotechnique, M. Georges Ruef. Cette biographie très succincte est détachée du compte-rendu de la Conférence de M. Ruef, à la Salle du Boulevard des Capucines, en 1882. Depuis cette époque, M. Alphonse Labitte a publié d'autres ouvrages qui ont valu à leur auteur l'éloge le plus mérité de la presse et des littérateurs.

Nous espérons que les ENVOLÉES *ajouteront encore au succès du poète.*

ALPHONSE LABITTE

Vous ne connaissez probablement pas Alphonse Labitte[1]. Je ne veux pas dire par là que vous n'ayez jamais rien lu de lui : lors même que vous n'auriez pas dans votre bibliothèque les deux volumes qu'il a fait paraître chez Ollendorff, il est certain que vous avez rencontré au hasard des journaux et des revues quelqu'une de ses poésies. Parfois encore, tandis qu'une mélodie de Rupès ou de Thomé charmait doucement votre oreille, accompagnée de paroles plus ou moins distinctes, c'était de l'Alphonse Labitte qu'inconsciemment vous entendiez ? — Non. C'est la personne même du poète qui doit vous être totalement étrangère, si vous n'êtes pas de ses amis. Vous ne l'avez jamais rencontré ni autour du lac, ni à Longchamps, ni aux premières représentations, rarement sur le boulevard ; parfois au vernissage, aux Mirlitons, aux Arts libéraux lorsqu'on y expose de la peinture ;

[1] Conférence faite à la Salle des Conférences du boulevard des Capucines, par M. Georges Ruef, professeur à l'Association philotechnique.

2

son portrait ne s'expose pas à la devanture des libraires, mais vous avez pu remarquer son buste au Salon.

Quoi donc! Alphonse Labitte est-il un ours, un sauvage, ou un podagre que l'on ne sort plus que les jours de soleil, enveloppé de fourrures dans sa chaise roulante? Pour Dieu, ne le croyez pas! Et si vous voulez que je vous le présente, c'est un homme à la physionomie très douce et très franche, percée de deux yeux rêveurs et profonds ; sa taille est celle de la moyenne, et il aura bientôt ses 32 ans (prière de ne pas imprimer ses 32 dents). Je l'ai connu sans le collier de barbe châtain clair dont il se pare aujourd'hui, mais il a dû naître avec la formidable paire de moustaches rousses qu'il étire amoureusement sur une longueur de quarante centimètres. Il aime à se voir entouré de quelques intimes simples et bienveillants comme lui ; il leur parle rarement de ses vers, refuse obstinément de se mettre au piano, bien qu'il en joue avec beaucoup de charme, mais étale orgueilleusement sa peinture, qui a été refusée à l'exposition des arts incohérents.

Pour bien comprendre le caractère de la poésie d'Alphonse Labitte, il n'est pas inutile de connaître les principales étapes de son existence. Resté de bonne heure orphelin, il fut recueilli et élevé par une brave tante, veuve elle-même et mère de neuf enfants. Cette respectable dame, toute confite en dévotion, en eut bientôt assez des allures indépendantes de monsieur son neveu, et pour retrouver un peu de tranquillité, elle l'expédia au maître d'école du ravissant petit village de Marsauceux, près de Dreux. Là, l'enfant vécut en une intime communion avec la nature : jamais on ne vit écolier plus rétif aux mystères de l'arithmétique et aux sévères enseignements de l'histoire ; par contre, les espèces animales et végétales lui avaient dévoilé tous leurs secrets et les collections accumulées dans son pupitre eussent fait honneur au jardin botanique d'Amsterdam.

Il arriva que grâce à cette habitude d'examen et d'analyse qu'il avait prise de si bonne heure, Alphonse Labitte observa que telle de ses petites camarades était douée d'un charme tout particulier, et qu'au dessus de sa paire d'yeux bleus longs comme ça, s'embrouillassait une abondante chevelure blonde. Ce specimen lui parut digne de son attention et comme son pupitre était déjà plein, il ouvrit son petit cœur de treize ans et y enfouit jalousement sa précieuse trouvaille. Dès lors, son existence eut un but et les événements se succédèrent sans amoindrir cette touchante passion. Soixante-dix arriva. Alphonse Labitte était employé de banque. Le 16 septembre, il quitte Paris pour chercher sa fiancée et les parents de celle-ci. Les

parents hésitent, résistent, et lorsque Alphonse
Labitte veut rentrer à Paris, les trains sont coupés.
Le jeune homme s'enrôle alors dans une compagnie
de francs-tireurs et passe cinq mois à guerroyer.
Les jours de paix revenus, il épouse enfin sa blonde,
au printemps de 1872. Il est bientôt obligé de la
quitter encore pour faire son volontariat au 8e chas-
seurs et il peut enfin, au bout d'un an, venir jouir
du bonheur qu'il s'était préparé depuis si longtemps
et qui devait être si court.

*
*   *

Cette succession d'événements, où l'on trouverait
aisément matière à plusieurs drames et à quelques
comédies, avait rapidement développé la jeune
imagination de celui qui en fut le héros. C'était une
pâture toute prête aux premiers balbutiements de
sa muse. Il dut s'apprendre lui-même la langue des
Dieux et, en la pratiquant, il y acquit peu à peu
cette perfection que l'on remarque dans ses dernières œuvres. Mais si la langue et le style de ses
premiers essais ont parfois quelques négligences,
du moins l'élévation de la pensée et la sincérité du
sentiment ne font-elles jamais défaut. Chacune de
ces pages, écrites sans aucun souci de la publicité,
qui ne les réunit que bien plus tard, se rattache à
une heure, à un événement de son existence. C'est

là ce qui fait la grande personnalité de ses œuvres ;
c'est là ce qui fait que nous nous trouvons en présence
d'un véritable poète, dans l'acception la plus élevée
de ce nom, c'est-à-dire en présence d'un homme
qui a le don de ressentir fortement les impressions
humaines, d'exalter ses sensations et enfin de les
traduire dans un langage pénétrant et harmonieux.
Le vers d'Alphonse Labitte sent rarement la
recherche, il semble couler de source et n'a rien à
voir avec le romantisme moderne. Le terme est
toujours exact, mais simple; nulle préoccupation de
l'effet. La rime est toujours pleine, sans aucune
tendance parnassienne. Le grand charme de ces
vers consiste surtout dans leur mélodie ; le rythme
en est toujours flatteur : aussi a-t-il souvent tenté
le musicien, et Massenet, Saint-Saëns, Thomé,
Magnus, Bouhy, Rupès, Marty, etc. etc., ont pris
pour thèmes de leurs plus charmantes mélodies des
pages que vous retrouverez dans les volumes
d'Alphonse Labitte.

Mais notre poète n'était pas au bout de ses luttes
contre la destinée. Bien avant Figaro, qui se fit
chasser des haras d'Andalousie pour s'être fait
imprimer tout vif, la famille et la société ont toujours regardé avec défiance quiconque s'avise d'affi-
cher des aspirations artistiques. Alphonse Labitte
ne devait pas échapper au sort commun ; dès qu'on
le vit s'engager dans la carrière littéraire, sa famille

le considéra comme perdu, et sa bonne vieille tante elle-même, le voua aux châtiments éternels. Il n'y avait guère là de quoi l'encourager ; aussi, ne fut-ce qu'en 1880 qu'il se hasarda à faire une timide publication de quelques pages, intitulée : *Mignonne*, poème des saisons. Cette publication eut le sort qu'attend à Paris tout ce que n'accompagnent pas les mille et une trompettes de la réclame ; elle passa inaperçue du grand public, mais quelques délicats auxquels Alphonse Labitte eut l'étonnante hardiesse de faire tenir son petit poème, sentirent là l'éclosion d'un jeune talent plein de promesses, et par leurs encouragements, mirent un peu de baume sur les blessures de cette intéressante victime de l'ingrate Polymnie.

⁎
⁎ ⁎

L'analyse de ce poème me semble intéressante en ce qu'elle caractérise parfaitement la nature de l'auteur. Si nous en considérons le plan général, nous voyons qu'il est divisé ainsi : Feuilles tombantes, — Hiver, — Rayons d'avril, — Nuit d'été. Il n'en faut pas davantage pour nous rassurer sur les craintes que pouvait faire naître la mièvrerie du titre. L'auteur a dédaigné la succession naturelle des saisons, qui a servi de thème trop facile à maintes variations poétiques ; l'amour qu'il nous raconte n'est point banal, il est le produit de son

imagination, sinon de son expérience ; il l'a rêvé,
s'il ne l'a pas éprouvé. C'est là le propre du poète
de pouvoir vivre parfois d'une existence toute
factice, aux sensations multiples, produit de circons-
tances et d'émotions extérieures, exaltées et exas-
pérées par une pensée toujours ardente et une
habitude d'analyse sans cesse en éveil. Il a rêvé un
amour qui viendrait s'épanouir au milieu des regrets
de la nature, devant les feuilles jaunies et à la
première atteinte des bises ; c'est un amour plus mâle
que celui qu'excitent les premières effluves du printemps ; ce n'est plus l'ardeur sensuelle qui rapproche
deux êtres humains ; c'est, au moment où la nature
semble s'endormir, l'inquiétude de l'isolement qui
rapproche deux âmes ; c'est un sentiment plus pur
et plus spirituel. Aussi quelle tendresse profonde et
calme dans cette envolée du cœur, quel souvenir
sans amertune donné à la saison qui expire et quelle
confiance dans les lendemains brumeux ! quel
hymne de grâce enfin à cette inquiétante saison
d'automne, trop dédaignée du poète amoureux :

> Chantez octobre et les rayons couchants,
> Louez l'automne et la mélancolie ;
> Nymphes des bois, dites vos derniers chants,
> Et bercez-moi dans ma douce folie !
> Chantez octobre et les rayons couchants !

Mais les dernières feuilles sont tombées, voici

l'hiver, que l'auteur, en trois vers remarquables, vous peint tout entier :

> L'oiseau fuit sous le ciel, sa voix est désolée,
> La plaine est sans échos, notre grand bois est nu,
> Nul bruit ! l'onde s'endort dans la blanche vallée...

Quel sentiment nouveau va dominer dans cette seconde phase du poème ? Si nous n'avions affaire qu'à un poète amoureux, le doute ne serait même pas possible. N'avez-vous pas déjà pensé à notre joyeux Béranger, qui chante insoucieusement :

> Sombre hiver, sous les glaçons
> Ensevelis la nature ;
> Ton aquilon, qui murmure,
> Ne peut troubler nos chansons.
> Notre esprit, qu'amour seconde,
> Au coin du feu crée un monde
> Qu'un doux ciel toujours féconde,
> Où s'aimer, tient lieu de bien.

Non ! ce n'est pas pour en arriver plus vite à ce thème connu que notre poète a pris pour point de départ le déclin d'octobre. Il y a dans l'auteur de *Mignonne*, un être double en quelque sorte, et à côté de l'amant qui subit l'impression, le philosophe, le psychologue qui l'analyse. C'est ce dernier qui a saisi au passage une impression légère que l'amoureux aurait dissimulée en rougissant, mais que l'observateur ne saurait laisser échapper. Il a noté cette seconde de découragement vague qui est peut-être le premier grain, l'imperceptible semence d'une satiété lointainement possible, goutte glacée qui tombe en crépitant sur le foyer de l'amour, et se fond instantanément à sa flamme ravivée. Telle est la note vraie, sincère, neuve et bien personnelle qui se glisse dans cette partie du poème. Et l'amant se résigne : l'Hiver, c'est le sommeil murmure-t-il,

> Mais du temps qui poursuit son cours,
> Il reste un souvenir, peut-être une espérance !

et confiant dans la force de son amour et dans un prochain renouveau, il voit sans effroi glisser sur le front de son amie l'ombre des aurores tardives et des rapides crépuscules.

Aussi, lorsqu'avril vient reverdir les feuilles et rendre leurs chansons aux oiseaux, lorsque tout renaît et s'agite dans la nature, la tendresse profonde qui sûrement poussait ses racines entrelacées au cœur de nos amoureux s'épanouit avec le soleil. Elle s'élève en un chant plein de jeunesse et d'enthousiasme ; elle rit avec les premières fleurs, elle s'épand en une gaîté exubérante, jusqu'à ce que lassés, ivres de grand air et débordants de sève, ces enfants

viennent demander au grand bois un peu de son
ombre amie et de son feuillage discret :

> Et nous avons chanté l'*Angelus* du bonheur,
> En rêvant sous le bois où fleurit l'aubépine !

Puis, les mois s'écoulent comme des jours ; voici
venir juillet et les chaudes soirées, tout, dans la
nature alanguie, semble inviter aux étreintes pâmées.
C'est l'heure propice au poète, le philosophe a
perdu ses droits, sa tête est engourdie, ses lèvres
sont muettes.

> La déesse de l'ombre, à l'orient se lève
> Et les flambeaux divins s'allument à leur tour ;
> Et la blonde Vénus semble sortir d'un rêve...
> Sous les bosquets fleuris, on devine l'amour.

C'est la nuit d'été, calme et lourde, pleine de
senteurs embaumées et de clartés vacillantes. Les
mains s'étreignent, les lèvres se cherchent, et les
cœurs se fondent dans une indicible extase.

Et là le poète même s'arrête ; la dernière saison a
consommé son œuvre ; la moisson est faite et l'amant
verse une dernière larme sur ses rêves évanouis.
D'aucuns pourraient trouver un peu brusque un tel
dénouement, et exiger un peu plus de lyrisme. Mais
quoi ! la sincérité n'est-elle pas préférable ? Le philosophe et le poète ont tous deux terminé leur expé-

rience, et, élevés tous deux à l'école moderne, ils n'ont pas oublié ce précepte de Byron, cet autre analyste :

« Amants passionnés, n'attendez pas que les années s'écoulent. Quand la passion commence à décliner, mais subsiste encore, n'attendez pas que les contrariétés aient achevé de la flétrir. Dès que l'amour décroît, son règne est terminé. Séparez-vous donc en franche amitié et dites vous bonsoir. Ainsi votre affection laissera en vous des souvenirs pleins de charmes. Vous n'aurez pas attendu que, fatigués ou aigris, vos passions se soient émoussées par la satiété.

« Vos derniers baisers n'auront pas laissé de froides traces. Vos traits auront conservé leur expression affectueuse, et vos yeux, miroirs de vos douces erreurs, réfléchiront un bonheur qui, pour être le dernier, n'en sera pas moins suave. »

*
* *

Si nous nous demandons quels sont les sujets qui doivent d'eux-mêmes éclore sous la plume de ceux qui méritent réellement le nom de poètes, si nous cherchons, dans les œuvres de ceux dont la renommée a consacré les noms, les sentiments qu'ils se sont plu à chanter de préférence, nous pouvons les résumer en quelques mots,

C'est l'amour, ses espoirs, ses douceurs, ses
révoltes et ses regrets ; c'est l'exaltation de la
poésie, de sa mission, des jouissances qu'elle cause,
de l'empire qu'elle prend sur les cœurs ; c'est la
nature, la description de ses beautés et de ses
tristesses ; enfin, c'est ce grand problème qui, en
dépit de lui-même, poursuivra l'homme jusqu'à son
dernier souffle : la divinité.

Il n'est, à mon sens, de véritable poète que celui
qui s'est laissé tour à tour entraîner à chacun de ces
grands sentiments, et l'on pourrait même dire que,
dès que le poète s'en éloigne, il sort de son essence
même. Il garde la richesse de sa langue, le pitto-
resque de ses expressions, l'élévation de sa pensée ;
il peut rester un grand penseur, un écrivain de génie,
mais ce n'est plus le poète qui parle.

Eh bien ! nous pouvons, sans crainte d'être
démenti, affirmer qu'Alphonse Labitte est un véritable poète. Il suffit, pour s'en convaincre, de par-
courir ce premier volume : « *Les Sentimentales* »
qu'il fit paraître en 1881, chez Ollendorff ; il y a là
deux cents pages d'inspirations, toutes intéres-
santes, souvent originales et curieuses. Ce sont,
quand il célèbre l'amour, des pièces telles que
celles qu'il intitule l' « Été » et « l'Amour » ; dans
ses heures de tristesse et de révolte, c'est « A mon
dernier Amour », « Amour funèbre » et « Manon

maudite », qui se termine par cette virulente apostrophe :

Eh bien ! soyez maudite ! et que Dieu qui m'entend
Fasse luire votre âme au soleil éclatant,
Afin que vos amants, en voyant cette boue,
Crachent sur votre corps, et frappent votre joue !...

Dans d'autres pages, il nous fait sa profession de foi poétique et il nous déclare ce que l'étude de ses vers nous avait déjà révélé, c'est-à-dire son culte pour ce puissant inspiré que notre siècle laisse tomber en un si étrange oubli, pour le grand Lamartine ; c'est à lui que s'adressent ces strophes : « Rumeurs d'en bas, silence d'en haut » :

Les applaudissements, le bruit, la multitude,
Les éclats du triomphe et les bruyants bravos,
Tout cela c'est la foule avant la solitude
C'est le répons trompeur des rapides échos !

.   .   .   .

Ne me parlez jamais des gloires de ce monde
Je pense trop souvent à leur fragilité ;
Elles sont comme un pli qui ride un instant l'onde
Et qui bientôt n'est plus ! Vanité, vanité !

A signaler encore les stances remarquables qu'il adresse « Au poète » et dans lesquelles il nous le montre tour à tour parlant, chantant, rêvant et

pleurant ; il y a là un effet de gradation ménagé de
main de maître.

D'autres fois encore, Alphonse Labitte nous
explique la conception qu'il s'est formée de « Dieu »,
ou bien il affirme sa croyance à l'immortalité de
l'âme dans cette page de haute philosophie : « A un
athée ».

Enfin, à toutes les pages de son livre, se révèle
cette attraction irrésistible que la nature a, dès son
enfance, exercée sur lui ; les descriptions, les
paysages, les souvenirs agrestes sont semés à pleines
mains dans les pièces de tout genre qui composent
le volume ou bien forment eux-mêmes des mor-
ceaux ravissants, tels que « Souvenirs d'une Nuit »,
« Mon Nid », « le Rossignol ».

> Perdu dans le feuillage épais d'un chêne antique,
> Tu sembles inviter l'astre aux pâles clartés
> A mêler ses rayons à l'ombre poétique,
> A parer les rameaux de reflets argentés.

Cette rapide énumération serait incomplète, si je
ne signalais la présence dans le volume de quelques
pages anecdotiques, souvenirs ou légendes tels que
« les Comtes de Mauduit », « sur l'Océan », « la
Neige tombe », etc., etc.

Deux années s'écoulent entre cette première publication et celle toute récente des « Aubes et Crépus-

cules ». Dans cet intervalle, une nouvelle douleur
est venue frapper l'auteur ; son amie d'enfance, sa
compagne, celle qui lui a inspiré ses plus doux
chants succombe à une longue et cruelle maladie.

Aussi les premières pages de son recueil débor-
dent-elles de sa douleur ; toutes les amertumes de
sa vie lui remontent aux lèvres, et le souvenir de
tous ses morts aimés revit, plein de mélancolie,
dans celles de ses pièces qui ont valu au livre la
seconde moitié de son titre : « Pourquoi je suis
rêveur », « le Passé », « A ma mère », « Pauvres
petits », « A mes enfants », ces deux dernières
écrites en pensant aux deux pauvres petits êtres que
lui a légués la morte :

> Hélas ! enfants, tout votre passé pleure
> Sur le sépulcre où votre mère dort ;
> Pour vous sera bien grande la demeure
> Où s'est introduite la mort !

Nous retrouvons dans ce nouveau volume les
mêmes qualités que dans « les Sentimentales »,
avec une grande sûreté d'expression et surtout une
grande somme de virilité. La pratique a mûri le
style, la vie a mûri les sentiments. On sent qu'un
élément nouveau s'est introduit dans l'existence du
poète ; certaines pages témoignent d'une ardeur
qui pour s'être développée un peu tard n'en
est que plus exubérante. Lisez « Idéal », « A la

Femme », « Désir », « Aube d'amour », « Adoration » (je prends au hasard), et vous en trouverez
la preuve d'une notable transformation effectuée
dans les sensations de l'auteur et qu'avec sa sincérité habituelle il ne songe nullement à dissimuler.

On peut remarquer aussi, dans ce second recueil,
certaines pages d'une observation plus réfléchie,
d'une analyse plus sûre qui marquent un nouveau
progrès dans la manière de l'écrivain. Je n'essaierai
pas de les énumérer, encore moins de les catalo-
guer ; je me contente de signaler l'une des plus
importantes, celle qui est intitulée : « A la colonne »
et dédiée à Théodore de Banville. C'est une éner-
gique apostrophe inspirée par la colonne triom-
phale de la place Vendôme, et dans laquelle l'auteur, après avoir flétri en termes éloquents le cruel
attirail de la guerre, arrive par une habile transition
à opposer aux tableaux sanglants de la bataille, les
calmes travaux de la paix, la sérénité des campagnes laborieuses, la saine gaîté des travailleurs
des champs, et nous montre enfin le bronze des
canons devenu la cloche du village, qui parle

> .   .   .   .   de sa voix attendrie
> A la nature, à l'homme au cœur toujours dispos,
> Invitant l'un et l'autre au sommeil, au repos !

Avant de terminer cette étude, annonçons la pro-
chaine apparition d'un recueil de nouvelles en prose

du même auteur, sous le titre de « Contes fantai-
sistes ». Nous y retrouverons la même franchise,
le même ton sincère, et tour à tour enjoué, philoso-
phique, rêveur, tendre ou passionné. Ce sont tantôt
des anecdotes dont Alphonse Labitte a été lui-
même le témoin ou le héros, tantôt de charmantes
fantaisies qui vous rappellent les pages mystiques
de Chateaubriand ou les apologues de vos conteurs
préférés.

Je souhaite bonne chance à ce nouveau volume,
en attendant qu'il nous soit permis d'en donner ici
le compte-rendu circonstancié.

G. RUEF.

Paris, Novembre 1882.

3

AVERTISSEMENT

C'est sur les vives instances de nombreux amis, que l'auteur se décide à publier ce nouveau volume de vers.

Il pense que ce sera le dernier.

Quand un voyageur explore un pays, s'il a une montagne à franchir pour gagner une terre inconnue, il gravit cette montagne ; lorsqu'il en a atteint le sommet, il traverse un plateau plus ou moins étendu, et marche vers le versant opposé à celui qu'il vient de quitter : il a monté, il va descendre.

L'auteur en est à ce moment de sa vie. Il a gravi péniblement le milieu de sa carrière, et il se trouve comme le voyageur, prêt à en descendre le second versant ; la terre inconnue qu'il a devant lui, c'est l'avenir.

Tout homme jeune, réfléchi et sensible, est poète ; la poésie et l'illusion sont les apanages de la jeunesse, elles en sont l'essence. L'homme en subissant les années, par les devoirs qui lui incombent, les soucis et les inquiétudes qui l'assiègent, le contact constant qu'il a avec la société sceptique de notre époque, perd presque toujours les illusions dont il se nourrissait ; son cœur plus endurci ne sait plus apprécier les tiédeurs printannières, et ses jouissances moins idéales que réelles, deviennent banales ou positives.

Il est certains hommes cependant, qui conservent dans leur maturité, et même dans leur vieillesse, les sentiments généreux et exquis qu'ils avaient à vingt ans ; on dirait que sur eux les brutalités de la vie n'ont aucune prise et que leur existence n'a que des rapports très éloignés avec celle des autres humains ; *ils ne sont pas de leur temps,* comme on le dit vulgairement.

L'auteur pense, à l'encontre du dit-on, que ces hommes là sont au contraire de tous les temps, ou plutôt que le temps n'a aucune prise sur eux.

Les artistes, les littérateurs, les poètes, ont, presque toujours, une vie à part de celle des autres hommes, et cela, parce qu'ils ont conservé leur première sensibilité.

L'auteur se permettra de laisser ici, parler son illustre devancier, Lamartine, dont il salue respectueusement la glorieuse mémoire. Dans la préface des *Harmonies religieuses et poétiques*, Lamartine écrit :

« Les hommes doués d'une sensibilité excessive jouissent plus et souffrent plus que les natures moyennes ou modérées. J'ai participé à ces excès d'impressions dans la mesure de mon organisation. Ceux qui sentent plus, expriment plus aussi : ils sont éloquents ou poètes. Leurs organes paraissent faits d'un métal plus fragile mais plus sonore que le reste de l'argile humaine. Les coups que la douleur y frappe y résonnent et y prolongent leur vibration dans l'âme des autres. La vie du vulgaire est un vague et sourd murmure du cœur, la vie des hommes sensibles est un cri, la vie du poète est un chant ».

Est-ce à dire que celui qui reproduit ces lignes ait la prétention de se réserver une place dans cette catégorie d'hommes privilégiés ? Loin de là est sa pensée. Si un public bienveillant lui a décerné parfois, le noble titre de poète, il sait combien est grande la difficulté de le mériter et d'en accomplir dignement le sacerdoce ; et s'il y possède quelque droit, il pense que cela est dû à sa nature sensible plutôt qu'à son modeste talent.

Les différentes pièces de vers contenues dans ce recueil, ne sont que des envolées de tendresse, de joies et de larmes. Ce sont aussi des souvenances et des espérances qui se sont confondues dans des impressions différentes, qui ont eu leur douleur ou leur ivresse respective, mais qui semblables aux hirondelles à l'arrière-saison, se sont réunies pour s'envoler sous d'autres cieux.

L'auteur les livre au public, ces palpitations d'amour, ces amertumes navrantes, ces envolées de son âme ; il sait que parmi ceux qui les liront, il s'en trouvera plus d'un qui aura été effleuré des mêmes battements d'ailes, et comme le dit dans une de ses préfaces, Victor Hugo, « ceux qui s'y pencheront retrouveront dans ses poésies intimes leur propre image. Il ajoute en parlant des *Contemplations* : « Est-ce donc la vie d'un homme ? oui, et la vie des autres hommes aussi. Nul de nous n'a l'honneur d'avoir une vie qui soit à lui. Ma vie est la vôtre, votre vie est la mienne, vous vivez ce que je vis ; la destinée est une. Prenez donc ce miroir et regardez vous-y. »

L'époque que nous   versons n'est pas favo-

rable à la poésie, l'auteur s'en est expliqué ailleurs ;
depuis, le temps a marché et il s'est encore assombri. La politique et la finance se disputent les
esprits ; les appétits font la guerre à l'intelligence.
L'auteur a conscience de sa hardiesse en publiant
son livre au milieu des préoccupations positives
qui absorbent la société actuelle.

Quoi qu'il en soit, il ose espérer que la sincérité
de ses impressions trouveront un écho dans le
.cœur de quelques-uns, et cela lui suffit.

Compiègne, Octobre 1889.

LIVRE PREMIER

LES LARMES

I

LES LARMES

Sur le cercueil de mes illusions,
Sur mon passé vécu dans les alarmes,
Sur mes beaux jours, fantômes, visions,
Où le Destin mit ses dérisions,
    Tombez, mes larmes !

Larmes, tombez ! car tout meurt ici-bas,
Rien ne demeure et rien ne recommence ;
Ce qui s'éteint ne se rallume pas ;
Le cœur mourant ne trouve en son trépas
    Qu'un vide immense !

Larmes, tombez de mes yeux attristés
Sur ces feuillets encore chauds de cendre.
Sur les soleils de mes anciens étés
Par les hivers à jamais emportés,
      Venez descendre !

Larmes, tombez ! Larmes, tombez toujours !
Larmes du cœur, sanglottante rosée !
Par vous, ma vie en cheminant son cours,
En étreignant ses dernières amours,
      S'est épuisée !

Sur mes vingt ans à jamais envolés,
Sur mes soupirs quelquefois pleins de charmes,
Sur mes regrets toujours inconsolés,
Sur mes espoirs, qui tous s'en sont allés,
      Tombez, mes larmes !

II

PROVOCATION

O Temps ! quand viendras-tu me couvrir de ton aile ?
Quand me jetteras-tu sous le fil de ta faux,
Et tranchant d'un seul coup et mes jours et mes maux
Ouvriras-tu l'espace à mon âme immortelle ?

Hélas ! depuis longtemps je te subis vieillard
Au front chauve ; tu vas et tu marches sans cesse ;
A chaque instant ton ombre et me heurte et me blesse,
Tu me foules aux pieds comme un chien de hasard !

Mais frappe donc, ó Temps ! pourquoi toujours attendre ?
Fauche donc sans trembler le champ de mon destin ;
Va, les larves viendront et feront un festin
De ses épis changés en un monceau de cendre !

Je te provoque, ó Temps ! implacable faucheur !
Ne crains rien, je suis seul dans ma chambre déserte,
Nul ne me défendra, ne donnera l'alerte :
Allons donc ! prends ta faux et me frappe en plein cœur !

III

AU BORD DU FLEUVE

Je suis les ondes fugitives
Qui vont vers le soleil couchant ;
Le cœur plein de notes plaintives,
J'incline le front en marchant,

Et je vais. La foule m'ennuie
N'ayant aucune joie en moi,
J'ai des pleurs que le vent essuie
Et qu'en passant la brise boit.

Le fleuve comprend mieux mes peines,
Lui, que surprend le flux amer,
Dont les plaintes sont toujours vaines :
Elles s'étouffent dans la mer.

Comme lui je fournis ma course
Sans pouvoir briser le courant,
Et sans revenir à la source
D'où je suis parti, flot pleurant !

Puis les fleuves ont de grands arbres
Qui jettent l'ombre sur leurs bords ;
Je les préfère aux riches marbres
Qu'ont les villes dans leurs décors ;

Je préfère aux palais superbes
Qui fourmillent dans les cités,
Les mousses et les touffes d'herbes
Qu'ont les fleuves en leurs étés.

Le sanglot de l'onde qui passe,
Le bruissement de son flot,
Assoupissent mon âme lasse
En se mêlant à mon sanglot.

Et je marche, et je vais. Je cueille,
Lorsque les rives sont en fleurs,
Une folle avoine, une feuille,
Une ombelle aux pâles couleurs.

Sur un vieux saule qui se penche
Dans l'eau pour puiser sa fraîcheur,

Je regarde de branche en branche
Voltiger le martin-pêcheur.

Je surprends l'astre qui flamboie
En dardant ses rayons vermeils,
Se mirer dans l'onde avec joie :
Je contemple ainsi deux soleils !

J'écoute les clairs babillages
Des ruisselets et des ruisseaux
Qui reflètent les bleus corsages
Des libellules dans leurs eaux.

Je rencontre au seuil de quelqu'anse,
Debout, dans son lourd batelet
Que la vague lèche et balance,
Un pêcheur jetant son filet ;

J'admire la noire hirondelle
Qui rase le fleuve fuyant,
Pour remonter à tire-d'aile
Dans le nuage scintillant.

Et les caps, qui par intervalles
Posent leurs larges pieds dans l'eau,
Ont leurs têtes pyramidales
Dans le ciel ! merveilleux tableau !

Et ces peintures et ces fresques
Qui s'étagent sur les deux bords !
Et ces larmes d'or gigantesques
Qui miroitent sur les flots morts !

Et cet azur, et cette flamme !
Spectacle superbe, éclatant !....
Et cependant comme mon âme
Le fleuve fuit en sanglotant !

Les Andelys, 18..

IV

LA FLEUR

Un matin je vis une fleur
Qui s'épanouissait coquette;
Elle avait une collerette
D'une éblouissante blancheur.

Des fines perles de rosée
Sur elle, s'imprégnaient encor;
Au fond de son calice d'or
Une abeille s'était posée.

Le zéphir venait mollement
Balancer sa jeune corolle,
Et le papillon d'un air drôle
Lui chuchottait un compliment.

Le soleil rayonnait sur elle,
L'oiseau dans un refrain mutin
Lui gazouillait que le matin
La faisait enivrante et belle.

Et la fleur s'épanouissait
Resplendissante de jeunesse,
'En elle tout était ivresse
Pendant que le matin passait.

Mais quand le jour ferma sa porte
Je suis revenu pour la voir ;
L'ombre tombait, c'était le soir :
Je vis que la fleur était morte !

LE RUISSEAU

Du ruisseau l'onde chante et coule,
Sous ses efforts ie sable roule
Suivant le rapide courant ;
Et des libellules, la foule
Évitant et fuyant ia houle
S'arrête sur son bord mourant.

Le saule pour le voir se penche,
Pauvre être sans voix qui s'épanche,
En s'inclinant comme en pleurant !
Perché sur sa plus haute branche
Un rossignol à tête blanche
Écoute le flot murmurant.

Dans les prés fleuris qu'il arrose,
La faneuse qui se repose
Laisse mouiller ses pieds par l'eau,
Et sur sa jambe blanche et rose
En riant le ruisseau dépose
Le plus doux baiser de son flot.

Il contourne les caps de mousses
En effleurant les jeunes pousses
Des arbres vivant sur ses bords ;
Les grenouilles vertes et rousses
Et les cailloutis aux voix douces
Y forment d'étranges accords.

Et le ruisseau va, va sans cesse
S'enfuyant comme une caresse,
Sans souci, charmant et rieur...
Mais que la rivière paraisse
Qui l'enveloppe et qui le presse,
Le gai ruisseau sanglote et meurt !

Vers la mort s'en va toute chose,
Le caillou, le saule et la rose
Aussi bien que l'arbre géant ;
La faneuse et la fleur éclose,
Le ruisseau qui babille et cause :
Tout s'engouffre dans le néant !

Nos amitiés les plus fidèles,
Celles que l'on croit éternelles
Passent rapides comme un jour.
Tout meurt : les roses les plus belles,
Et les couronnes d'immortelles,
Et l'éternité de l'amour !

VI

TRISTESSE DE VIVRE

On naît sans le savoir. Notre venue au monde
Apporte la souffrance au chevet maternel ;
Nous prenons la mamelle, ou tarie ou féconde,
Les yeux tout grands ouverts sur une ombre profonde,
Etant plus que le rêve et moins que le réel.

Plus tard, adolescents, l'ombre se fait flottante ;
Elle laisse entrevoir par ses atermoiements
Un firmament d'azur, un espoir, une attente,
Un horizon sans fin, une brise constante,   .
Des sites enchanteurs et des lointains charmants.

Viennent vingt ans : on aime, on rêve, on souffre, on pleure !
L'azur semble plus proche et moins loin l'horizon ;
On cueille des espoirs que l'on conserve une heure,
L'attente et le désir passent notre demeure,
Puis, on voit que vingt ans n'ont eu qu'une saison.

Les luttes, le labeur, les deuils et les alarmes
Sont à l'homme viril qui gîte dans le fiel ;
Mais encore il veut croire en des jours pleins de charmes,
Il espère au bonheur..... Il n'aura que ses larmes
Pour lui gonfler le cœur et lui voiler le ciel !

Et la vieillesse arrive : on soupire, on regrette ;
On a le corps usé, comme le cœur meurtri ;
On sait que la mort vient, et pourtant on projette,
On s'arrête parfois devant une fleurette
Qu'on retrouve fanée en un feuillet flétri !

Puis graduellement, on retourne dans l'ombre ;
Comme un songe d'enfant on s'éteint doucement ;
Sans compter de ses jours la mesure et le nombre,
On s'en va pour jamais vers le silence sombre,
S'endormant en mourant, mourant en s'endormant !

Et c'est toute la vie ! et c'est notre existence !
A suivre un rêve vain constamment s'obstiner ;
Lutter, souffrir, pleurer dans un désir intense,

Voir toujours son espoir à la même distance,
Être pris au néant, au néant retourner !

Espérer, regretter, c'est là toute la vie !
Posséder en soi-même un paradis fermé !
L'âme par la douleur, pas à pas, poursuivie !
L'attente du bonheur jusqu'à la fin ravie !
C'est donc la vie ? O temps ! pourquoi m'as-tu formé ?

SUR LE RÊVE

Le rêve c'est le monde imaginaire,
C'est la Douleur et la Félicité ;
C'est l'Ombre intense et l'Azur éphémère,
C'est le Sourire et l'Ironie amère,
C'est le Superbe et la Difformité.

C'est le Mal lent, et c'est la folle Envie,
C'est l'Espérance et c'est la Trahison ;
C'est l'Amertune et la Joie infinie ;
C'est le Néant, et c'est aussi la Vie :
Le Rêve c'est l'envers de la Raison !

LAISSEZ-MOI PLEURER !

Oh ! laissez-moi pleurer ! Si vous saviez comment
Est écrasé mon cœur et mon âme est brisée !
Si vous voyiez le vide où tombe ma pensée,
Et si vous entendiez mon long sanglotement !

Lorsque tout un passé comme un rêve s'écroule,
Quand l'Amour en râlant s'abat sur ses genoux,
Lorsque tout votre espoir de chute en chute roule
Et qu'il ne reste plus qu'une agonie en vous ;

Alors avant d'ouvrir à la Mort qui vous guette,
Il est bon de pleurer ! Les larmes font du bien ;
Elles sont comme un baume à l'âme du poète,
Que nul rêve n'endort, que nul cri ne retient.

Les pleurs viennent du ciel ; c'est Dieu qui les envoie
Pour purifier l'âme et pour mûrir le cœur ;
C'est la fraîche rosée où notre être se noie
Pour guérir sa brûlure et calmer sa douleur.

Et si l'on a pleuré lorsque la Mort arrive,
Avec plus de paix l'âme ouvre son aile aux cieux ;
Dans un effort moins grand elle quitte la rive
Qu'elle venait de battre en son vol anxieux !

Oh ! laissez-moi pleurer avant que ne s'achève
Le jour qui sur moi passe et fuit à tout jamais !
Oh, laissez-moi pleurer son aurore trop brève !
Oh ! laissez-moi pleurer sur tout ce que j'aimais !

Le Havre 18..

IX

EN EXIL

Mon bonheur s'est enfui comme une ombre légère
Qui passe sur un pré par un beau jour d'été ;
Comme il ne reste rien de l'ombre passagère
Ainsi de mon bonheur, il ne m'est rien resté !

J'avais une maison modeste, mais charmante,
Où les rosiers grimpaient aux briques des parois ;
Où la glycine en fleurs s'éparpillait, dormante,
Nouant ses longs bras verts aux persiennes de bois.

Du lierre, du lilas et de la vigne-vierge
Tapissaient les vieux murs qui bordent le jardin ;

Il est comme un bassin, entouré de sa berge
Mais dont les flots sont faits par les fleurs du jasmin ;

Je connaissais chaque arbre, et souvent dans leur ombre,
Soit sous les marronniers, soit sous les noisetiers,
J'allais porter mes pas, sans calculer leur nombre,
Rêvant sur l'avenir pendant des jours entiers.

Les oiseaux y venaient me demander l'aumône ;
J'émiettais du pain aux pieds de leurs buissons,
Et puis je leur disais : « Pour ce que je vous donne,
Apprenez-moi, petits, une de vos chansons ! »

Et même cet hiver, quand la neige abondante,
Couvrait les arbres morts et les sentiers déserts,
Et que j'allais pleurant au sein de la tourmente,
Courbé sous le fardeau de mes pensers amers ;

Quand celle que l'hymen avait sacré ma femme
Me repoussait du lieu cher à mon souvenir,
Lorsqu'elle me voyait grelotter dans mon âme
Et tressaillir mon corps prêt à s'évanouir ;

Quand assis à la place où naguère en silence
Elle parlait d'espoir et de bonheur certain ;
Vers la neige, penché, blémi par la souffrance
Elle n'eut· pour mon cœur que mépris et dédain ;

Alors, je vis voler, mêlés à la rafale
Mes chers petits amis les oiseaux, et l'un d'eux
Venant battre de l'aile auprès de mon front pâle,
Un instant dissipa mon rêve douloureux !

Mais j'ai dû vous quitter maison, jardin, feuillages,
Vous, mes derniers amis, poètes des buissons ;
Et j'ai dû m'en aller vers de lointaines plages,
Et connaître l'exil et ses gris horizons !

Assis sur la falaise ou la lame déferle,
Je contemple la mer et son lointain profond :
Mais je pense aux lilas où vient siffler le merle,
Je revois mon jardin et la maison au fond !

Sainte-Adresse, mars 18..

X

LES LILAS

O mes lilas ! mes chers lilas !
Vous refleurissez donc, hélas !
   Sans que je vous revoie ?
Vous donnez à des étrangers
Vos doux parfums, si passagers,
   Et que Mai vous envoie !

D'autres que moi vous cueilleront
O mes lilas ! et s'en iront
   De vos fleurs les mains pleines ?
Ceux qui s'abritent sous mon toit
Sont bien heureux ! tandis que moi
   Je ne prends que des peines !

Lilas, quand je vous ai quittés
Mes regards étaient attristés
   Par les rafales blanches ;
Le froid engourdissait mes mains,
La neige emplissait les chemins
   Et recouvrait vos branches.

En grelottant sous les autans
Je pensais que vers le printemps
   Je reviendrais sans doute ;
Mais le printemps est revenu
Et je n'ai plus jamais revu
   Votre ombre sur ma route !

Et depuis, le cœur tout en deuil
Je n'ai jamais franchi le seuil
   De ma demeure aimée ;
A la place où j'allais le soir
D'autres que moi viennent s'asseoir ;
   Sa porte m'est fermée !

Riant jardin, humble maison !
Combien j'ai foulé le gazon
   Le sable des allées !
Comme souvent, la joie au front
J'ai gravi notre vieux perron
   Aux marches éboulées !

Comme sans songer aux soucis
Au balcon je me suis assis
   Laissant flotter mes rêves ;
Ignorant que le jour viendrait
Où le malheur me saisirait
   Sans répit et sans trêves !

De la table où je travaillais
O mes lilas ! je vous voyais
   Sous le soleil éclore ;
Et j'entendais sous les fouillis
Que forment vos charmants taillis
   Les merles dès l'aurore !

Puis, près de vous, c'étaient des pins,
Des marronniers et des jasmins,
   Des aubépines roses ;
Des glycines et des glaïeuls,
Des noisetiers et des tilleuls
   Des œillets et des roses !

Je voyais voltiger l'oiseau
Sous les ombelles du sureau,
   Sous la frondaison verte ;
C'était un spectacle charmant
Que j'avais à chaque moment
   De ma fenêtre ouverte !

Un jour, le rideau s'est baissé,
Près de vous, la Femme a passé,
    La Femme au cœur de pierre :
Elle m'a fait verser des pleurs
En piétinant toutes vos fleurs
    En arrachant le lierre !

O mes lilas ! mes chers lilas !
Vous refleurissez donc, hélas !
    Sans que je vous revoie ?
Vous donnez à des étrangers
Vos doux parfums, si passagers,
    Et que Mai vous envoie !

Auteuil, mai 18..

XI

SUR LE BONHEUR

O Bonheur ! tu n'es qu'un fantôme...
Tu sonnes creux comme un vain mot,
Tu n'es qu'un mythe et qu'un atome,
Plus léger qu'un rapide écho.

Comme une cire on te voit fondre ;
On te cherche, on t'appelle en vain,
Tu fuis toujours sans nous répondre :
Es-tu donc pour nous trop divin ?

Il semble que tu prends des ailes
Pour t'envoler de nos chemins ;
Nous fermons sur toi nos mains frêles,
Et tu t'échappes de nos mains !

Sur toi, nous émoussons courage,
Aspiration et désir ;
Et comme un incessant mirage,
Nul ne peut jamais te saisir.

A toi, l'homme constamment rêve,
Il veut te prendre constamment,
Et son existence s'achève
Sans t'avoir pris un seul moment !

O Bonheur ! trop divin sans doute
Pour côtoyer l'ombre avec nous,
Tu délaisses la sombre route
Où nous sommes tous à genoux !

XII

LE PARDON

Je songe aux passereaux qui meurent sous la neige ;
Aux vols des goëlands qui planent dans les airs ;
Au trois-mâts éloigné que la tempête assiège,
Pour le faire sombrer dans son horrible piège,
Qui, refermé sur lui, laisse les flots déserts.

Je pense aux orphelins qui vont au cimetière
Plier leurs genoux sur un tertre de gazon :
J'entends leurs tendres voix, j'écoute leur prière.
Je lis un nom tracé sur une croix de pierre,
Et je dis en moi-même une brève oraison.

Je songe qu'ici-bas, hélas ! rien ne demeure ;
Que le néant appelle à lui tous nos instants ;
Qu'à peine éclos, l'amour se transforme et nous leurre,
Qu'un jour après un jour, qu'une heure après une heure
Disparaissent avec nos espoirs inconstants.

Car le temps est si court et la vie est si brève !
Et puis tous nos moments sont si tôt consumés,
Qu'il faut pour féconder notre âme encore en sève
Profiter des baisers que la mort nous enlève,
Pour qu'après nous on dise : « Ils se sont bien aimés ! »

Aimer ! A ce mot seul, la nature frissonne ;
Du bonheur vrai, réel, c'est le seul talisman ;
C'est ce mot-là qui chante au cœur et qui rayonne
Comme un soleil splendide, et c'est lui qui me donne
La force d'oublier la vie et son tourment !

C'est ce mot là qui fait qu'oubliant tes injures,
Je te pardonne, ô Femme ! et je te tends les mains ;
Avec ce mot divin je lave les morsures
Que tu fis à mon flanc, douloureuses blessures,
Qui remplissent mon cœur de sanglots surhumains !

C'est parce que j'ai mis mes lèvres sur tes lèvres,
Que pendant bien des nuits j'ai dormi dans tes bras,
Que j'ai pris tes moiteurs et que tu pris mes fièvres,
Que je ressens encor tes ivresses trop mièvres :
Femme ! c'est pour cela que je ne t'en veux pas !

C'est parce que j'ai dit : « Je t'aime ! » que je songe
A ces enlacements que je te prodiguais ;
Malgré tes froids baisers, et malgré leur mensonge,
Je les subis toujours, et je passe l'éponge
Sur les rêves brisés des espoirs fatigués.

J'aurais voulu te voir riante et bien heureuse ;
Effacer les ennuis qui ridaient ton beau front ;
Jeter dans tes yeux bruns une onde lumineuse,
Prévenir tes désirs et te rendre joyeuse,
Étant pour te servir l'amant fidèle et prompt !

J'aurais voulu répandre à tes pieds des ivresses,
Des bonheurs assidus, des consolations ;
Te combler de baisers et de longues caresses,
Calmer ton sein gonflé par toutes les détresses,
Et te rendre attentive à mes affections !

Je me dis que tu fus, sans le vouloir, cruelle,
Car tu ne savais pas ce que c'était l'amour ;
Qu'à ton âme il était, ou fuyant, ou rebelle,
Qu'il n'avait près de toi jamais ouvert son aile,
Et tu ne compris pas quand je vins à mon tour !

Ton enfance passée au milieu des épreuves,
Abandonnée aux flots de tes jours malheureux,
Refoulée en toi-même et fille de tes œuvres,
Ton esprit s'entoura des perfides couleuvres
Qui, dévorant ton cœur, en remplirent le creux.

Or, n'ayant plus de cœur, tu n'eus pas de jeunesse ;
On ne vit pas s'ouvrir les fleurs de ton printemps ;
On ne te vit jamais donner une caresse
Aux enfants qui s'en vont aux champs où tout bruit cesse,
Ni songer aux oiseaux victimes des autans.

Tu crus faire le bien sans y mettre ton âme,
En disant que le cœur est moins que la raison ;
Tu prêtas tes bienfaits sans plaisir et sans flamme,
Calculant l'avenir, pâle devant son drame,
Triste, comme un forçat devant une prison.

Tu n'avais plus de cœur ! Les couleuvres pressées
Soulevaient ta poitrine en leurs débordements ;
Ton sang s'était figé dans tes veines glacées,
Tu ne possédais plus de sereines pensées
Et ton corps mutilé palpitait ses tourments !

Tu ne croyais qu'au mal ; au bien, indifférente,
Tu le voyais passer sans relever les yeux.
Pour ton être inquiet, la fièvre dévorante
Ne te donnait d'élan que pour toucher ta rente,
Et compter les écus, à tes doigts, merveilleux !

Non ! ce n'est pas ta faute et ne pouvais comprendre
Les pleurs que me versait ma sensibilité ;
Tu ne savais me voir, tu ne pouvais m'entendre
Lorsque je remuais et la boue et la cendre
Dont sont faits tous les jours de notre humanité !

C'est pourquoi tu me hais, peut-être étant sincère,
Croyant à ton mensonge et vivant sa douleur ;
Et c'est aussi pourquoi, dans ma pensée amère,
Je répands sur ta haine une larme bien chère :
Puisse-t-elle chasser les hôtes de ton cœur !

Oh ! je ne t'en veux pas ! c'était la Destinée
Qui nous comptait des jours pleins de fatalité !
Mon âme tout amour, à toi s'était donnée...
Ce n'était pas ta faute et je t'ai pardonnée,
Et mon pardon sera mon immortalité !

XIII

CHRYSANTHÈMES

Hier c'était le jour des Morts ;
J'ai mis des fleurs de chrysanthème
Au lieu solitaire que j'aime,
Au bord de la pierre où tu dors.

La pierre était toute rouillée,
La bise soufflait âprement
Lorsque je me suis tristement
Arrêté sur l'herbe mouillée.

Près de ton repos, j'étais las !
Je suivais la feuille qui tombe,
J'enviais ta place en la tombe,
Et j'écoutais tinter le glas.

La campagne était désolée,
Le silence la remplissait ;
Quelquefois un oiseau passait
Lourdement dans son envolée.

Je me disais que ton repos
Valait mieux que ma course humaine :
La vie est une dure chaîne,
La liberté vient des tombeaux !

*
* *

La pensée aux saisons se lie ;
Elle rit aux rayons d'Avril,
Quand vient Novembre et le grésil,
Elle est dans la mélancolie.

*
* *

C'est pourquoi ce qui m'entourait
Avait une teinte sinistre ;
Le ciel était couleur de bistre
Et la voix du glas se mourait.

Seul, dans le petit cimetière,
Tout était triste autour de moi ;
Mais je déposais là, pour toi,
Des chrysanthèmes sur ta pierre !

Marsauceux, 3 novembre 18..

XIV

COMME UNE LYRE

Je ne suis qu'une lyre
Qui vibre et qui soupire
Sous l'âpreté du vent ;
La moindre aile qui passe,
Un souffle de l'espace
La font gémir souvent.

Elle est comme une source
Qui sanglote en sa course
Sous les saules pleureurs,
Et ses cordes tendues
Ont des voix éperdues
Et des cris de douleurs.

Au milieu du silence
Leur sensible cadence
Marquent de longs soupirs ;
Et des choses passées
Qui se sont effacées
Parlent les souvenirs.

Plutôt lentes que vives,
Ses notes sont plaintives
Comme un chant éolien ;
Sous le vent qui la berce
Parfois elle s'exerce
Dans un vol aérien.

Tels, sur la mer profonde
Entre le ciel et l'onde
Planent de blancs oiseaux,
En frappant de leurs ailes
Les voûtes éternelles
Et les vallons des eaux.

Ou, telles aux bois sombres,
Quand la nuit et ses ombres
Descendent lentement,
Les sylphides légères
Forment dans les fougères
Comme un frémissement.

En moi tout souffre et pleure,
Sensitive qu'effleure
Le doigt Humanité ;
A sa rude épiderme
Souvent je me referme
Sans même avoir chanté !

Je ne suis qu'une lyre
Qui vibre et qui soupire
Sous l'âpreté du vent ;
La moindre aile qui passe,
Un souffle de l'espace
La font gémir souvent !

XV

A UNE JEUNE FILLE

En m'adorant tu ne sais pas,
O chaste et belle jeune fille,
Que souvent mon cœur est bien las ;
Et que parfois il tombe bas,
Dechiré comme une guenille !

Qu'il est percé comme un tamis
Par des angoisses palpitantes ;
Et que ses battements, soumis
Aux spasmes jamais endormis,
Marquent des crises révoltantes !

Tu ne sais pas qu'il a souffert
Mille douloureuses blessures ;
Que l'Amour, ce fils de l'Enfer,
Dans sa chair a tourné son fer
Et qu'il est plein de moisissures !

Qu'il se balance pantelant
Au noir gibet de la torture,
Moribond pleurant et râlant !
Et qu'il flotte comme un palan
Entre le pont et la mâture !

Tu ne sais pas qu'on l'a tordu
Comme une malléable fonte ;
Que les misères l'ont mordu,
Qu'on lui versa du plomb fondu
Avec du fiel et de la honte !

Tu ne sais pas que j'ai gémi
Depuis le jour de ma naissance ;
Qu'il eut mieux fallu qu'on me mit
Tout de suite en terre, parmi
Ceux qui meurent dans l'innocence !

Que mon cœur malade est strié,
Ayant bu la ciguë amère ;
Tu ne sais pas que j'ai crié,
Que j'ai maudit, que j'ai prié,
Quand la mort m'a ravi ma mère !

Que je n'ai pas droit de cité
Chez l'heureux qui me répudie :
Les flancs du malheur m'ont porté,
Je ne vis que de charité,
Je suis le pauvre qui mendie !

Sais-tu que je ne suis pas fait
Pour les plaisirs et pour le monde ?
Je le trouve vil, imparfait ;
Il est un immense méfait
Et son grouillement est immonde !

Il me hait, puisque je le hais ;
Et nous sommes deux adversaires
Qui ne ferons jamais la paix ;
Chaque jour, dans ses bras épais,
Je suis pris comme dans des serres !

Que j'ai des découragements
Qui font chanceler ma pauvre âme ;
Que toute ma vie est tourments,
Que dans de terribles moments
Je trouve l'existence infâme !

Que souvent, mon visage gai
Ment à mon cœur plein de tristesse ;
Que parfois faible et fatigué
Patiemment, il fait le guet,
Attendant que la mort paraisse !

Pourquoi m'aimer ? Je ne vaux pas
L'herbe qui croît au cimetière !
Pourquoi m'entourer de tes bras,
Sur mes pas apporter tes pas
Et me suivre dans ma carrière ?

Pourquoi sur ma tête vouloir
Effeuiller tes lys et tes roses ?
Tu ne vois donc pas que le soir
Me couvre de son habit noir
Et m'emporte dans la nuit close ?

Oh ! ne me suis pas ! laisse-moi
Seul tomber avec ce qui tombe !
Garde l'espérance et ta foi !
Ne me suis pas, enfant ! Pourquoi
Viendrais-tu voir creuser ma tombe ?

Conserve pour toi l'avenir
Qui te sera meilleur, peut-être !
Le bonheur doit t'appartenir ;
Et si tu veux le voir venir,
Dis, laisse-moi seul disparaître !

J'aurai peut-être un rêve d'or,
Dans le sépulcre où tout est sombre :
Croyant dans tes bras être encor,
Je te reverrai dans la mort
Venir te pencher sur mon ombre !....

En m'adorant, tu ne sais pas,
O chaste et belle jeune fille,
Que souvent mon cœur est bien las,
Et que parfois il tombe bas
Déchiré comme une guenille ?

XVI

Si j'ai souffert, tu sais que c'est d'avoir aimé.
Sans mon cœur j'eus été fort, vaillant et robuste ;
J'aurais ployé le mal aussi bien qu'un arbuste,
Et devant la Douleur je resterais armé.

Je serais demeuré vainqueur dans la bataille
De la Vie. Au Destin, j'aurais jeté mon gant.
Magnifique et debout comme un preux arrogant,
Ne trouvant pour lutter aucun être à ma taille !

J'aurais flétri l'injuste et frappé l'orgueilleux ;
J'aurais bravé la foudre et la tempête affreuse :
J'aurais franchi l'abîme, où le Destin nous creuse
Un lit d'adversité, sans abaisser les yeux !

Je me serais battu, même avec la Famine,
Lui disputant mon pain sans jamais me courber ;
La mort m'aurait vaincu sans me faire tomber ;
Hautain, j'aurais marché vers la tombe assassine !

J'aurais atteint le ciel de mon superbe front.
Mes pieds auraient foulé le monde et sa cohorte,
Invincible quand même, et l'âme toujours forte,
Je n'aurais pas connu la Douleur ni l'Affront !

Pourquoi Dieu plaça-t-il un cœur dans ma poitrine,
Qui me rendit victime au lieu d'être vainqueur ?
Pourquoi dans ma poitrine, insuffla-t-il un cœur,
Qui fit de ma grandeur une immense ruine ?

XVII

COMME LA MOUETTE

Je voudrais qu'on creuse ma tombe
Au bord de l'Océan houleux,
Afin que j'entende les jeux
Des flots, le soir, quand le jour tombe,
Et que les cieux deviennent bleus.

Quand vers la nuit rentrent les voiles
Des pêcheurs attardés du port,
J'aimerais qu'on m'étendit mort
Entre la mer et les étoiles,
Pour assister à leur accord.

Car les étoiles et les vagues
Doivent se fiancer la nuit
Lorsque le crépuscule enfui
Au couchant a trainé ses dragues
En apportant l'ombre après lui.

J'aimerais de mon lit de pierre
Entendre discourir le vent,
Lorsqu'il vient du monde vivant
Pour faire tressaillir le lierre,
Et le berger qui va rêvant.

A sa voix lente, harmonieuse,
Je verrais les Sylphes, en rond
Danser autour d'un liseron ;
J'entendrais la mer furieuse
S'il embouchait son dur clairon ?

Je voudrais qu'on me mît sous l'herbe
Qui pousse entre les hauts rochers,
Où croissent les maigres péchers
Qui de loin semblent une gerbe
Aux regards des prudents nochers.

Afin qu'en dormant sous les mousses
De la falaise aux flancs noyés,
J'écoute entre les rocs rouillés
Les insectes aux voix si douces,
Par les beaux jours ensoleillés !

Oui, j'aimerais que l'on m'enterre
Loin du va-et-vient des humains,
Au promontoire, où les chemins
Mènent vers un lieu solitaire
Où le soir jette ses carmins ;

Où l'été, monte l'alouette
Quand elle abandonne les blés ;
Où l'on entend les flots troublés
Par le bruit que font la tempête
Et les orages rassemblés !

Oui, j'aimerais que mon squelette
En dormant éternellement
Au milieu de son élément,
Repose comme la mouette
Entre l'onde et le firmament !

Le Havre 18..

XVIII

LE DESTIN

La vie est ainsi faite : on calcule, on arrange ;
On bâtit des châteaux en Espagne ; on se dit
Qu'on fera l'avenir meilleur ou moins étrange,
Et qu'enfin on mettra le mal en interdit :

« Puisque j'ai déchiré mes doigts, je veux des roses ; ,
« Depuis longtemps je marche, enfin je vais m'asseoir !
« O mon cœur fatigué, je veux que tu reposes
« Avant qu'à tout jamais penche sur toi le soir !

« La lutte en m'épuisant avait su trop m'abattre ;
« Je me suis trop meurtri dans mon triste passé !
« J'ai bien gagné la paix, je ne veux plus combattre,
« Dans l'espoir je vais suivre un chemin mieux tracé !

« L'amour m'ouvre ses bras, le bonheur me fait fête ;
« Mon être est allégé par l'oubli du malheur ;
« Enfin, je vais goûter l'espérance parfaite,
« Puisque j'ai pour mon cœur l'appui d'un autre cœur ! »

— On se dit qu'il est doux d'arrêter en son âme
L'amour ! On se dit qu'on aura le lendemain
Pour rafraîchir son front au baiser d'une femme,
Et qu'on aura ses yeux pour voir clair en chemin !

On se dit qu'on vivra ! car là seule est la vie,
Où deux êtres liés par le divin amour
S'en vont main dans la main, l'âme toute ravie ;
Et l'on se dit : « Demain, je saluerai le jour ! »

Insensé ! le Destin détruit tes espérances ;
Inflexible il t'entraîne et te répond : « Suis-moi ! »
— Tu veux un lendemain de calme à tes souffrances ?
— « Marche ! — dit le Destin — demain n'est pas toi ! »

On se dit : « Soit ! demain appartient à la chaîne,
Mais aujourd'hui je puis prolonger mon festin ;
Je puis, un court instant abandonner ma peine,
Etreindre le présent... — « Marche ! » dit le Destin !

On se dit qu'on est las ; que la mort serait douce
En venant nous couvrir de ses suaires lourds ;
Qu'on reposerait bien, enfoui sous la mousse....
Mais le Destin reprend : « Marche ! marche toujours ! »

MALÉDICTION

Lorsque tu me laissas pour suivre tes chimères,
Quoique le cœur brisé j'eus voulu te bénir ;
J'eus voulu retenir mes plaintes trop amères
Pour garder un lambeau de ton cher souvenir.

Je me disais que tout, ici, doit disparaître :
Le mal que tu me fis comme le bien passé ;
Que tu me torturas, que tu m'aimas peut-être,
Mais que devant la mort tout doit être effacé.

Car l'absence sans fin est une mort réelle.
Devant elle, mon cœur oubliant ton erreur
Ne voulait conserver que la faible étincelle
Que tu sus un instant faire jaillir du cœur.

Je ne voulais avoir dans mes jours pleins d'alarmes
Qu'un sentiment de paix aux souvenirs d'antans ;
Sur notre amour défunt verser de saintes larmes,
Et murmurer ton nom à mes derniers instants.

Mais tu foulas aux pieds la tombe de mes rêves,
Tu mis toute ta rage à clouer leur cercueil,
Tu les injurias sans répits et sans trêves,
Ces cadavres frappés par ton navrant orgueil.

Eh ! bien, va ton chemin, n'encombre plus ma route
Par ta folle ironie et tes mensonges vains ;
Le passé pour jamais s'éteint, et va sans doute
O Femme t'engloutir dans ses profonds ravins.

Mais avant qu'il ne meurt, ó toi ! par qui j'expire,
O toi ! qui mis ta boue au contact de mon front,
Je te voue anathème et je viens te maudire
Car tu fus ma torture et tu fus mon affront !

Lorsque tu dormiras dans ses couches funèbres
Rien ne te parlera de consolation ;
Seule, une voix viendra dans les tristes ténèbres
T'apporter en sanglots ma malédiction !

MON COEUR

Comme un cratère éteint, ou comme un fleuve à sec,
Mon cœur n'a plus de feu ni de flots à répandre ;
A peine s'il conserve un peu de boue, avec
      Un peu de cendre !

Il s'est disloqué comme un soleil dans le ciel
Qui n'a plus de rayons à jeter dans l'espace ;
Au lieu de flamme il roule en l'azur éternel
      Un bloc de glace !

Car il fut un volcan actif et bouillonnant
Mon cœur, ardent brasier que la tristesse lave ;
Mais il ne reste plus de son passé tonnant
   Qu'un peu de lave !

Il fut comme un grand fleuve aux flots tumultueux
Qui sans obstacle va vers une mer lointaine :
De son torrent limpide, un cloaque boueux
   Il reste à peine !

Comme un astre il brilla dans un océan d'or
Mon pauvre cœur terni par une amour passée ;
Et cadavre ambulant il roule dans la mort
   Morne et glacée !

XXI

UNIQUE ESPÉRANCE

Je n'ai plus qu'à m'en aller
Car l'existence me pèse ;
A quoi bon toujours mêler
Mes pleurs avec de la glaise !

Car je n'ai plus ni foyer
Ni page à finir d'écrire,
Ni soleil à voir briller,
Ni compagne à voir sourire ;

Car je n'ai plus rien ! sinon
Des pleurs de sang à répandre,
A dire le même nom
Que je dois couvrir de cendre.

Ma lyre n'a plus de chant,
L'Amour me l'ayant brisée ;
L'Amour, cet enfant méchant,
A fait de moi sa risée !

Vers l'Espoir je tends la main,
L'Espoir me hait ou me raille ;
Je n'ai pas de lendemain ;
Il vaut mieux que je m'en aille !

D'ailleurs, qu'ai-je à faire ici ?
Toujours j'ai fourni ma peine ;
J'ai pleuré jusqu'à merci :
Ma coupe de fiel est pleine.

Je n'ai vu que vanité
Sur les sommets de la vie,
Et toujours j'ai constaté
Qu'elle est une comédie.

L'homme est un vivant pantin
Qui se meut par des ficelles
Entre les doigts du Destin,
Ce joueur de ritournelles.

Tout m'écœure et me fait mal ;
Le noir fumier sous les roses,
Le réel sous l'idéal :
Je vois trop au fond des choses !

Quand en son lent mouvement
La larve dans mon squelette
Se repaîtra goulûment,
Vidant mon cœur et ma tête,

Et n'étant plus rien, alors,
Je n'aurai plus de souffrance !
Etre étendu près des morts,
C'est mon unique espérance !

XXII

STANCES

Il n'avait pour tout bien qu'une lyre et ses rêves ;
Il n'aimait que les bois, les champs, les monts, les grèves
Et ne parlait d'amour qu'aux étoiles, le soir.
Mais sa lyre est brisée et perdu son espoir !
Il succombe épuisé par les luttes sans trêves :
Il n'avait pour tout bien qu'une lyre et ses rêves.

Puis, il n'était pas fait pour vivre de nos jours ;
Du monde il n'avait pas les vices, les détours,
Et son âme souffrait de ses chaînes charnelles.

Il était tenaillé par les choses réelles
Et ne songeait qu'au ciel dans ses tendres amours ;
Puis, il n'était pas fait pour vivre de nos jours.

Il avait en lui-même une harpe expressive,
Et son doux cœur d'enfant, comme une sensitive,
Se refermait sans cesse au dur contact du mal.
Son souffle était l'amour et son pain l'idéal ;
Sa sereine pensée était contemplative :
Il avait en lui-même une harpe expressive.

.   .   .   .

Nature, prends le deuil, ton amant va mourir ;
Tu l'avais vu pleurer, tu l'avais vu souffrir,
Il s'en va maintenant vers les nuits éternelles !
Ne le regrette pas ! Son chant n'avait plus d'ailes,
Et son front se penchait vers l'amer souvenir !
Nature, prends le deuil, ton amant va mourir !

Vierges des clairs matins, éteignez les étoiles,
Des légers flocons blancs ne tissez plus les toiles,
En file, reprenez le chemin de vos cieux !
Vierges, montez toujours ! Le jour silencieux
Ne verra plus flotter en son cours vos longs voiles :
Vierges des clairs matins, éteignez les étoiles !

O profondes forêts, faites taire vos chants
Et vos taillis dorés par les soleils couchants ;
N'abritez plus de nids dans vos vertes ramures !
Sources vives des monts, cessez vos doux murmures,
Flottants épis des blés, ne dorez plus les champs,
O profondes forêts, faites taire vos chants !

Déferlez, âpres vents, et soufflez en tempête !
Ouragans, embouchez votre horrible trompette,
Déchaînez du Néant le génie infernal !
Esquifs battus des flots, sombres et sans fanal,
Eloignez-vous des bords où la vague vous jette :
Déferlez, âpres vents, et soufflez en tempête !

Faunes, rieurs des bois, versez, versez des pleurs
Dans la coupe où le vin pétillait ! Sous les fleurs,
Dans les chemins moussus, ne dansez plus bacchantes !
Arrachez de vos fronts les feuillages d'acanthes,
Criez vos longs sanglots dans les ravins hurleurs ;
Faunes, rieurs des bois, versez, versez des pleurs !

Vous, anges des tombeaux, tressez une couronne
Pour celui qui se meurt et que l'ombre environne ;
Bientôt, il va venir, écrasé sous l'affront,
Vous demander l'appui d'un tertre pour son front :
Pour parer son cercueil, que la foule abandonne,
Vous, anges des tombeaux, tressez une couronne !

Et toi, Mort qu'il attend, reçois-le dans ton sein !
C'est à toi qu'aboutit tout désir, tout dessein,
Et tu viens mettre un terme aux souffrances humaines.
Celui qui va mourir, fatigué sous ses chaînes,
Demande au froid tombeau sa pierre pour coussin :
O toi ! Mort qu'il attend, reçois-le dans ton sein !

Les Andelys, décembre 18..

XXIII

PHILOSOPHIE DE VIVRE

N'est-ce pas que la vie est pleine de tristesse !
Qu'on y prie en pleurant aux pieds de méchants dieux !
N'est-ce pas qu'on y souffre, et qu'on y voit sans cesse
Les jours interrompus par de cruels adieux !

N'est-ce pas qu'on y crie et qu'on y désespère !
N'est-ce pas qu'on y voit que deuils et que tombeaux !
La raison s'y fourvoie et l'esprit s'exaspère :
N'est-ce pas que le cœur s'y ronge par lambeaux !

N'est-ce pas que l'instant qu'un autre instant emporte,
Paraît et disparaît comme une vision ;
Qu'on ne peut au verrou sur lui fermer la porte
Ouverte sur le ciel de notre illusion !

.   .   .   .

Mais si l'on arrêtait le jour qu'un jour efface,
Si les tristes adieux ne nous torturaient pas,
Et si les dieux méchants, enfin nous faisaient grâce,
La passion d'aimer ferait nos cœurs trop las !

Non ! il faut que nos jours soient cruels et néfastes,
Afin que nous ayons le souvenir sacré :
Pour le retour, l'absence avive les cœurs chastes,
Pour bien sentir sa joie, il faut avoir pleuré !

Et puisque c'est la vie, ah ! répandons des larmes,
Comme l'aube répand la rosée au matin ;
Nos êtres retrempés sentiront moins les armes
Que nous enfonce au cœur l'implacable destin !

XXIV

Je suis usé comme une vieille armure
Qu'aurait rongée un siècle de combat ;
Quoique brisé par plus d'une fêlure,
Je suis debout, mais ne me touchez pas !

Le moindre choc peut me jeter à terre,
Et je m'éteins comme un feu consumé ;
J'ai trop subi le baiser délétère,
Et je me meurs pour avoir trop aimé !

C'est une mort pourtant pleine de charme
Qui m'endort comme un empoisonnement ;
Brûlant mon cœur par une chaude larme,
Elle finit mon rêve et son tourment !

Vivre d'amour, et puis d'amour s'éteindre,
C'est un destin qu'un ange aurait voulu ;
C'était mon sort, je ne saurais m'en plaindre ;
Je meurs, heureux, qu'il me fut dévolu !

XXV

A UNE FEMME

Peut-être croyais-tu dans ta pensée errante
Arrêter le bonheur en t'unissant à moi ;
Peut-être pensais-tu, pauvre femme souffrante,
En ton âme ulcérée et souvent délirante
Qu'en m'adorant, ton mal s'éloignerait de toi ?

Mais le mal qui te ronge est un mal incurable
Qui t'accompagnera jusque dans le cercueil :
Est perdu celui-là qui n'est pas secourable,
Qui devant le malheur demeure inexorable,
Et qui met son amour au-dessous de l'orgueil !

Eh ! ne savais-tu pas que ce qui fait qu'on aime,
C'est qu'on a dans le cœur un divin abandon ;
Qu'on ne croit pas aux maux que l'homme envieux sème,
Qu'aimer est un besoin que Dieu met au cœur même,
Et plus un cœur est grand, plus il a de pardon !

La charité, c'est Dieu descendu sur la terre ;
C'est Jésus-Christ cloué sur le bois de la croix
N'ayant pour son martyre aucune plainte amère,
Bénissant ses bourreaux du haut de son calvaire,
Etant tout amour, même au milieu des effrois !

Le vrai contentement est fait de ce qu'on donne,
Et plus on a d'amour, plus on a de bonheur ;
La pitié véritable est celle qui pardonne,
C'est l'ange bienfaisant, c'est la sainte Madone
Qui ferme la blessure en baisant la douleur !

Toi, tu n'as jamais su compatir aux souffrances ;
Tes yeux n'ont jamais su pour l'espoir s'allumer,
Tes lèvres n'ont jamais chanté les douces stances
Où dans les souvenirs volent des espérances :
Non ! tu n'as jamais su ce que c'était d'aimer !

Ton cœur est un rocher de granit ou de glace ;
Aucun plaisir, jamais n'a brillé dans tes yeux ;
Ton visage implacable où le bonheur s'efface
N'a jamais conservé la plus petite trace
Ou d'une larme amère, ou d'un rire joyeux !

Il semble que ton corps ne possède pas d'âme
Tant il manque d'élan, de sentiment humain !
Ta vie intérieure est faite d'une trame
Qui n'a rien des douceurs que nous donne la Femme :
Or, n'ayant rien d'humain, tu n'as rien de divin !

C'est pourquoi tu m'aimas par calcul ou folie,
Formant pour ton orgueil un rêve selon toi ;
Assombrissant mes jours, les plus beaux de ma vie,
Tu posas sur ma lèvre un baiser d'infamie,
Et profanas l'amour que le ciel mit en moi !

Tu jetas sur mon cœur ta vanité superbe,
Espérant qu'un laurier couronnerait mon front ;
Tu pensais que la gloire et l'or seraient ma gerbe,
Et tu ne savais pas qu'il suffit d'un peu d'herbe
Pour couvrir un poète étendu sous l'affront !

Tu pensais que la vie est ce brillant factice
Qui garnit le collet doré des parvenus :
Gens de cour ou laquais, banquiers ou gens d'office,
Affolés de réclame et de feux d'artifice,
Ou qui prient chaque soir devant un sac d'écus !

Tu mettais une digue à ma pensée ardente ;
Et tu ne voulais pas que mon esprit léger
S'envolat vers l'Idée adoucie ou mordante,
Qui chérissait Virgile ou qui troublait le Dante,
Mais tu lui mis des fers que le tien sut forger !

Pour toi, l'Idée était dans un fond de boutique
Où les chalands viendraient, les poches pleines d'or,
Acheter des sonnets, fruits d'une plume étique,
Qu'on trouve en balayant le devant d'un portique
Entre des pots cassés et quelque vieux chien mort !

Tu pensais que la Muse, inspirée et divine,
Devait au moindre appel descendre de son char,
Arrêter ses coursiers, qu'une étoile illumine,
Sur l'organe puissant qui bat en ma poitrine
Et lui dire : « Cœur monte avec moi sans retard ;

« Je suis la Muse ! allons ! travaille ! prends les rênes !
« Ton art est un métier ; produis, produis toujours ! »
Ah ! songeais-tu que moi, qui le soir, sous les frênes,
Vais voir les vers luisants aux clairs des nuits sereines
Je croirais de la Muse un semblable discours ?

Non ! je ne croirais pas une Muse pareille,
Je n'écouterais pas son langage menteur :
La Muse inspiratrice est celle qui réveille
Les cigales aux pieds de la douce Mireille,
Qui mène les brebis à la voix du pasteur !

C'est Celle qui descend du profond empyrée
Pour donner un baiser sur le front d'un rêveur ;
Pour consoler une âme éperdue, éplorée,
Pour attacher une aile à la rime dorée,
Pour offrir au poète un lambeau de son cœur !

8

Non ! Non ! ton froid orgueil a formé la névrose
Qui détruit le bonheur attardé sur tes pas ;
L'avarice est ton bien, et l'argent est ta chose,
Tandis que moi je songe en voyant une rose
Qu'elle va s'effeuiller, et je pleure tout bas !

XXVI

HYPOCRISIE

Je mettrai tant d'amour dans mes tristes accents,
J'aurai tant de douceur, de baisers caressants,
    Mes larmes seront si voilées,
Que tu n'entendras pas l'indicible Douleur
Sourdre, et faire germer les affres dans mon cœur,
    Ni mes prières désolées.

Sur mon visage gai, peut-être un peu pâli,
Tu liras que j'ai bu la coupe de l'Oubli
    Avec toute son amertume ;
Mais tu ne verras pas au fond de mon cerveau
L'effrayant Désespoir lever son lourd marteau
    Et le frapper comme une enclume !

Non ! tu n'entendras rien ! non tu ne sauras pas
Quand je m'extasierai radieux dans tes bras
     Quel sombre penser me dévore ;
Car pour toi s'enfuieront les rides de mon front,
Et l'âme tout en pleurs, mes lèvres souriront,
     Et te diront que je t'adore !

XXVII

RÉPONSE A UNE POÉSIE SANS NOM NI DATE·

Oui, tu l'as deviné, je ne suis qu'un rêveur ;
Qu'un pauvre être tombé dans la tourmente humaine,
Qui va comme un forçat où le Destin le mène,
Des rides plein le front, des sanglots plein le cœur !

.   .   .   .

Tu sais si bien toucher les cordes de la Lyre,
Qu'en l'écoutant j'ai dû sécher mes pleurs amers ;

Mais toi, poète ami, qu'es-tu pour me sourire
Et me tendre la main au milieu de tes vers ?

. . . . ; . . . .

Ami, sans te connaître,
Je sens un frère en toi,
Et sans savoir pourquoi
Ta bonté me pénètre.

D'Idéal nous vivons ;
Nous déchirons les voiles
Qui cachent les étoiles
Du ciel que nous rêvons.

Près de la fleur qui tremble
Sous la brise du soir,
Nous aimons nous asseoir
Pour lui parler ensemble ;

Tous les deux nous allons
Montant les mêmes pentes,
Foulant les mêmes sentes
Des monts ou des vallons ;

Et vers les mêmes sources
Nous dirigeons nos pas,
Et peut-être un peu las
Faisons les mêmes courses,

Nous contemplons le ciel
Avec la même envie,
Et nous goûtons la vie
Avec le même fiel.

Nous connaissons les choses
Et nous savons souffrir ;
Nous avons vu mourir
Tant de splendides roses !

Ami, voilà pourquoi
Ta bonté me pénètre,
Et sans bien te connaître
Je sens un frère en toi !

RÊVE ET RÉALITÉ

O ma charmante amie ! il était beau le songe
Qui la nuit m'a bercé dans ton cher souvenir !
Hélas ! pourquoi dit-on qu'un rêve est un mensonge ?
Il me serait si doux de le voir revenir ?

Nous étions tous les deux étendus côte à côte,
Ma tête reposait entre tes seins neigeux...
— Oh ! ne murmure pas ! car ce n'est pas ta faute,
Puisque c'était un rêve où nous étions tous deux.

— « M'aimeras-tu toujours ? » disait ta bouche aimante
Dans un baiser humide et tout silencieux ;
Et je te répondais : — « Toujours, ô ma charmante ! »
Etais-je sur la terre, étais-je dans les cieux ?

Tout à coup le réveil, jaloux de mon ivresse,
Se présenta soudain dans sa brutalité
Pour me dire : — « C'est faux tu n'as plus de maîtresse. »
— Pourquoi m'éveillas-tu, sotte Réalité ?

HIVER

C'est la saison des neiges et des bises,
Les verts chemins sont mous et sans parfums ;
Les roitelets et les fauvettes grises
A petits cris pleurent les jours défunts.

Vers le hameau s'achemine le pâtre,
La limousine au dos. — La queue en rond,
Les yeux fixés sur la braise de l'âtre,
L'hôte des toits, le chat, fait son ronron,

Le laboureur enveloppé de brume
Sur le sol nu trace un dernier sillon ;
De loin en loin un tas d'herbe s'allume
A la place où chantait le gai grillon.

Volant par bande et croassant ensemble
Les noirs corbeaux planent sur les labours ;
Dans le bois mort la branche crie et tremble
Et le soleil semble enfui pour toujours.

Froide saison où tout meurt et succombe,
Tu mets au cœur un douloureux sanglot ;
Malgré le givre et la neige qui tombe
L'ombre domine en ton triste tableau !

Comme un printemps a duré la jeunesse,
Comme un été l'âge mûr a passé ;
Comme l'automne a vécu la vieillesse,
Avec l'hiver, la mort a commencé.

Et c'est pourquoi je songe avec tristesse
Au peu de jours que vivent les saisons ;
Nous les suivons de la même vitesse
Et nous avons les mêmes horizons.

Nous passons tous comme chacune passe,
Même souvent nous n'avons pas d'hiver ;
Beaucoup n'ont pas vu l'été ni sa trace,
Combien s'en vont quand leur printemps est vert !

Hiver, hiver, vieillard à barbe blanche
Que le soleil ne peut pas rajeunir,
Au pauvre oiseau garde au moins une branche,
Où vers avril, il pourra revenir !

Garde au poète amant de la souffrance
Un peu d'azur dans ton manteau glacé ;
Sous tes frimas conserve une espérance
Lorsque sur lui ton souffle aura cessé !

XXX

A CEUX QUI DISENT QUE JE NE SUIS PAS DE MON SIÈCLE

Pourquoi, dites, pourquoi voulez-vous que je rie ?
Je sais bien que ma Muse, hélas ! endolorie
Ne s'est jamais repue à vos festins joyeux !
Elle ne s'est jamais abaissée, à vous, gueux,
Pour étendre la main dans vos barbes filasses ;
Elle n'a jamais eu pour vous, ô lovelaces !
Pour vos contorsions et vos airs muscadins
Que des écœurements faits de tous les dédains !
A vos baisers lascifs, sentant l'ombre et la boue,
Non ! elle n'a jamais tendu sa blanche joue ;

Jamais elle n'a pris les chemins tortueux
Où, viveurs, vous rôdez ivres, tumultueux ;
Mais le front dans l'azur, sur votre amas de fange
Avec mépris elle a mis son pied léger d'ange.

Vous voulez que je rie ! Eh ! vous ne savez pas
Combien je hais l'orgie où vous traînez vos pas ;
Non, vous ne savez pas quelle irascible haine
J'ai pour vous, tripoteurs de la pensée humaine :
Boursiers, spéculateurs, voleurs en habits noirs,
Sénateurs, députés ventrus comme des loirs,
Ministres, parvenus, tas de polichinelles !
Vous êtes tant gonflés, qu'il vous faut des bretelles,
Et quand l'un de vous crève enflé comme un ballon,
Bien sûr il rend son âme au fond d'un pantalon !

Pour vous donner raison vous dites : « Cette Muse
« Radote avec sa lyre ; aucun elle n'amuse,
« Elle n'est pas du siècle et son espoir est vain.
« Qu'elle chante Vénus jambe ouverte, et le vin,
« Qu'elle ne craigne pas de dire une sottise,
« Qu'avec nous elle trinque, et puis, qu'elle se grise,
« Qu'elle se laisse prendre à la taille et baiser ;
« Qu'elle sache sans peur, tout faire, tout oser,
« (Car nous sommes rieurs nous autres, après boire !)
« Alors nous lui ferons une place à la gloire,
« Nous applaudirons tous à sa maternité

« Quand elle enfantera de la modernité !
« N'étant plus fatigués par son chant mélodique,
« Nous serons tout oreille à sa voix impudique ;
« Un rayon de soleil ne vaut pas un bon plat ;
« Ciel, rêve, étoile, fleur, rengaînes, tout cela !
« Un poème effronté faisant rire les hommes
« C'est là tout ce qu'il faut pour le siècle où nous sommes ! »

La Muse répondit en fixant tour à tour
Les crânes rétrécis de ces hommes du jour,
Qui dans leur bouge affreux, en grouillant pêle-mêle
L'appelaient et cherchaient à lui briser une aile :
« L'azur est à l'oiseau, l'ombre est aux cancrelas :
« Oui, vous êtes du siècle, et moi je n'en suis pas ! »

XXXI

Depuis longtemps je suis à bout de force :
  Tel un chêne puissant et vert
  Frappé par la foudre et l'éclair,
Reste debout, mort dans sa rude écorce.

Ou tel encore un temple sans autel,
  Sans cantiques et sans prières,
  Où l'herbe croît entre les pierres,
Dressant ses flancs décharnés vers le ciel ;

D'un édifice, il garde la prestance,
  Mais il recèle en lui la mort ;
  C'est une ruine qui dort
Aussi debout, vivante en apparence.

Ou tel encore un livre relié
    Avec des coins et des dorures,
    N'ayant entre ses couvertures
Qu'un vieux feuillet par le temps oublié.

Tel je suis. L'âme en mon corps s'est usée,
    Mon cœur sonne comme un bois sec,
    Fantôme, on peut le mettre avec
Ceux qui, là-bas, dorment sous la rosée.

Je suis étreint par la Fatalité,
    En moi tout pleure, crie et souffre,
    Et je sanglote au fond du gouffre
Où se débat mon immortalité !

JE NE VOUS VERRAI PLUS

Sentiers, je ne vous verrai plus,
Sentier où la brise odorante,
Près de la source murmurante
Passe sous les arbres velus !
Sentiers, je ne vous verrai plus !

Je ne reverrai plus le chéne
Où sur l'écorce j'ai gravé
Le nom par mon amour rêvé :
Doux nom qui dans le mien s'enchaine,
Gravé sur l'écorce d'un chêne !

Je ne vous verrai plus, sentiers !
Je ne foulerai plus les mousses
Que Mignonne trouvait si douces,
Assise sous les noisetiers ;
Je ne vous verrai plus, sentiers !

Vous avez fui brises légères
Dans les derniers soleils couchants ;
L'Hiver a neigé sur les champs
Et sur nos amours passagères :
Vous avez fui brises légères !

Sentiers, je ne vous verrai plus !
Sentiers où la brise odorante
Près de la source murmurante
Passe dans les arbres velus ;
Sentiers, je ne vous verrai plus !

PLAINTE VAINE

C'est en vain que les bois rajeunissant leurs branches,
Se fardent de rayons et s'emplissent de chants ;
C'est en vain qu'ils secouent les aubépines blanches,
Et font bruir les nids de murmures touchants.

C'est en vain que le Rêve habitant dans leurs ombres
Nous cherche de ses yeux que la veille a bleuis ;
Que fatigué d'attendre aux fourrés les plus sombres,
Il écoute, penché, les souvenirs vieillis.

C'est en vain que l'Echo se rapproche ou s'enfonce,
Nous appelant'tous deux dans les profonds ravins ;
C'est en vain qu'il attend notre double réponse,
Et qu'il court anxieux tout le long des chemins.

C'est en vain que les fleurs, les mauves et les mousses
S'unissant aux rameaux des bois échevelés,
Mêlent à leurs appels leurs petites voix douces
Et nous les font porter par les zéphirs ailés.

C'est en vain que le ciel lui-même nous convie...
Nous n'irons plus aux bois... ils peuvent rajeunir...
A l'esclave, qu'importe un printemps dans la vie ?
Il pleure sur sa chaîne et n'a plus qu'à mourir !

XXXIV

AILE BRISÉE

Non ! je ne suis pas fait pour vivre
Dans le tumulte des combats ;
Non ! je ne suis pas fait pour suivre
Les fils des hommes d'ici-bas !

Mon cœur que la tristesse broie
A des battements douloureux,
Et je ne connais pas la joie
Qui sonne aux lèvres des heureux !

Je ne suis pas fait pour le monde
Peuplé de méchants, de jaloux,
Où la force brutale gronde
Comme un grand volcan en courroux !

Où la lutte n'est pas égale,
Puisque la palme est à celui
Qui se boursouffle et qui s'étale,
Et dont l'extérieur reluit.

Je ne suis pas fait pour les gloires
Qu'on grave sur les chapiteaux...,
Elles sont vaines les mémoires
Ecrites au seuil des tombeaux !

Non ! je ne puis laisser mes ailes
Effleurer le front de l'orgueil :
J'aimerais mieux que mes prunelles
Soient closes au fond d'un cercueil !

Non ! je ne veux pas que mon âme
Aimante, bien qu'elle ait souffert,
Se brûle toujours à la flamme
Du monde, ce brûlant enfer !

Pour toit, l'oiseau n'a qu'une feuille ;
Mon âme, elle, n'a que le ciel
Qui l'abrite et qui la recueille
Comme un doux enfant d'Ariel !

Sur la Terre que l'Ennui voile
Elle jette de longs sanglots,
Puis, elle monte vers l'étoile
Qui se réfléchit dans les flots !

Elle savoure l'ambroisie
Que versent la Femme et les fleurs ;
Sa manne, c'est la poésie,
Son eau, c'est la rosée en pleurs !

Je suis fait pour les solitudes
Des campagnes aux sillons verts ;
Pour les chansons et les préludes
Qu'ont les bois sombres et couverts ;

Pour les sources aux voix égales,
Pour les sentiers pleins de lilas
Où chantent les douces cigales,
Où les hommes ne viennent pas !

Je suis fait pour porter mes rêves
Loin de la foule des humains ;
Au bord des vagues où les grèves
Brisent la longueur des chemins !

Pour les plages, où les mouettes
Rasant les flots étincelants,
Planent criardes ou muettes
Au milieu des grands goëlands !

Je suis fait pour chanter la gamme
Qui de la nuit s'élève au jour ;
Pour parler au cœur de la Femme
De Dieu, de l'âme et de l'amour !

Pour la Femme humaine et divine
Dont le corps est un abandon,
Où tout mon être se câline
Comme un baiser sur un pardon !

Je suis fait pour vivre avec elle
Dans un séjour délicieux,
Où le vrai bonheur se révèle
Comme un soleil au fond des cieux !

Où, seuls, dans un coin de la terre
Que l'homme ne connaitrait point,
Nous n'aurions pour notre mystère
Que la Nature pour témoin :

La Nature que l'œil contemple
Deviendrait notre saint autel,
Notre parvis et notre temple
Et notre trépied immortel !

Je suis las de traîner ma lyre
Au milieu d'un peuple qui dort,
Ou qui se réveille en délire
Pour danser autour d'un veau d'or !

Pour lui, mon aile s'est fermée,
Ma lyre a cessé son accord :
Je suis fait pour la Bien-aimée,
Pour la Nature et pour la Mort !

XXXV

L'amour ne connaît pas le froid raisonnement,
Il n'a pas de dédain, il ignore la haine ;
Il plane bien plus haut que la misère humaine,
Il place le pardon avant le châtiment.

Il arrache le fer planté dans la blessure ;
Patiemment il lave et la plaie et le sang ;
Plus fort que la Douleur, et du Mal, plus puissant,
Il baise en soupirant la rouge meurtrissure.

Sachant qu'il doit survivre à son rêve effacé,
Sans cesse il lui sourit, il le revoit, il l'aime ;
Frappé par le présent, il espère quand même,
Et ne peut oublier les beaux jours du passé !

C'est pourquoi le penseur, mûri par l'existence
Marche le cœur rempli d'un ancien souvenir,
Et vivant d'un passé qui ne peut revenir,
Il arrive à la tombe encor plein d'espérance !

LIVRE DEUXIÈME

LES JOIES

I

A LA BIEN-AIMÉE

Je veux chanter la bien-aimée,
La bien-aimée aux blonds cheveux ;
Ma bouche en est toute affamée
Et mon cœur déborde d'aveux.

Elle est la puissance invincible
Qui du destin me rend vainqueur :
Elle est la soif inextinguible
Qu'ont mes lèvres et qu'a mon cœur !

Elle est joie, extase et lumière,
Elle est paix, consolation,
Et pour elle ma vie entière
S'écoule en adoration !

Je veux dire comme je l'aime ;
Mon amour est l'immensité,
C'est un magnifique poème
Brodé dans sa divinité !

Je veux chanter la bien-aimée,
La bien-aimée aux blonds cheveux ;
Ma bouche en est toute affamée,
Et mon cœur déborde d'aveux !

II

Non, je n'ai pas assez de voix,
Ma lyre n'a pas sous mes doigts
Assez de force et de puissance ;
Non, je n'ai pas assez d'accents,
Pour exprimer ce que je sens
Et dire ta magnificence !

O Beauté dont je suis l'amant,
Mon rêve, mon ravissement,
Mon étincelante lumière !
Qu'il fasse nuit, qu'il fasse jour,
Je veux dire des mots d'amour
A tes genoux, comme en prière !

Des mots plus doux que des soupirs
Et plus ardents que des désirs,
Des mots plus légers qu'une brise ;
Plus puissants qu'un vol d'alcyons,
Plus tremblants que les papillons
Qu'un subtil parfum de fleur grise !

Des mots tendres, harmonieux
Comme des chants mystérieux
Qui descendraient de l'Empyrée.
En formant un céleste accord,
Ils viendraient sur des ailes d'or
Te charmer, ô mon adorée !

Non, je n'ai pas assez de voix,
Ma lyre n'a pas sous mes doigts
Assez de force et de puissance ;
Non, je n'ai pas assez d'accents
Pour exprimer ce que je sens
Et dire ta magnificence !

III

Mon idéal, c'est toi ; c'est toi mon rêve d'or ;
C'est toi qui m'éblouis, même quand tu te voiles ;
C'est toi que je préfère aux millions d'étoiles
Qui remplissent le ciel comme un vase à plein bord !

C'est toi mon espérance éternelle et parfaite ;
C'est toi qui de mon cœur es le seul battement ;
C'est toi ma rêverie et mon ravissement ;
C'est toi mon jour heureux et ma divine fête !

C'est toi mon chant sacré, ma prière et ma foi ;
C'est toi qui me retiens au chemin de la vie,
C'est toi qui me soutiens par ta grâce infinie ;
Et c'est toi que je veux, c'est toi, c'est encor toi !

C'est toi ma paix, c'est toi mon plus divin cantique ;
C'est toi qui de mon âme es l'aspiration ;
C'est toi mon saint autel plein d'adoration,
C'est toi ma seule joie et ma pensée unique !

C'est toi ma volupté, mon extase et mon ciel ;
C'est toi mon Evangile et mon culte suprême ;
C'est toi mon seul espoir, c'est toi seule que j'aime ;
C'est toi, c'est toujours toi mon amour immortel !

IV

LOIN DES HOMMES

Je voudrais t'emporter loin, bien loin dans mes rêves,
Vers quelque forêt vierge où l'homme est inconnu ;
Vers quelqu'île, émergeant des rochers et des grèves,
      Où nul n'est encore venu ;

Je voudrais t'emporter vers l'immense savane,
Où les fauves errants vivent en liberté ;
Dans le grand désert, loin de toute caravane,
      Loin, loin de toute humanité !

Car nous dirions alors : « C'est nous, c'est nous qui sommes,
« Nous vivons l'un par l'autre et nos jours sont à nous !
« N'étant plus poursuivis par la meute des hommes,
        Nous nous adorons à genoux !

« Et nul à nos baisers ne vient couper les ailes !
« A la clarté des cieux ou dans l'ombre des nuits,
« Aucun être ne vient darder de ses prunelles
        « Pleines de fureur ou d'ennuis,

« Nos doux épanchements, nos heures, notre vie,
« Nos jours vécus à deux, nos caresses, nos jeux ;
« Oui, nous sommes bien seuls, éloignés de l'envie,
        Loin des hommes, ces envieux !

« Nous avons en nos cœurs tous les biens de la terre,
« Nous peuplons à nous deux ce merveilleux séjour ;
« Nous sommes possesseurs de tout ce qu'on espère
        « Puisque nous possédons l'amour ! »

V

RENOUVEAU

Nous retournerons, n'est-ce pas,
Dans les sentiers pleins de bruyères
Nous promener à petits pas ;
Et nous retrouverons là-bas
Nos sourires et nos prières !

Vous reverrons le vert chemin
Rempli de ronces et de mousses
Où nous allions main dans la main,
Où tes lèvres de pur carmin
Me disaient des choses si douces !

Les pleurs, vois-tu, doivent tarir
A force de tomber de l'âme ;
On ne peut pas toujours souffrir !...
Dis, au bois j'irai me guérir
Dans tes tendres regards de femme !

Nous prendrons par le chemin creux
Où naissent déjà les pervenches ;
Et pour que les chênes ombreux
Ne touchent pas nos fronts heureux,
J'écarterai les jeunes branches !

Et nous le suivrons, si tu veux,
Jusqu'à l'étang bordé de saules ;
Ah ! puissent s'accomplir mes vœux !
Là, je te fis de doux aveux
En me penchant sur tes épaules !

Nous retournerons, n'est-ce pas,
Dans les sentiers pleins de bruyères
Nous promener à petits pas ;
Et nous retrouverons là-bas
Nos sourires et nos prières !

VI

AIME-MOI !

Comme le lierre étreint l'écorce
D'un arbre, et prend sa sève en lui,
Aime-moi de toute ta force
Demain encor plus qu'aujourd'hui !

Aime moi sans but, sans limite,
En moi, vois tout ton horizon,
Et que ton cœur comme un ermite
Fasse de mon cœur sa maison.

Ne te laisse jamais distraire
Par le monde, cet importun ;
Fuis les miasmes de la terre :
Garde l'amour et son parfum.

Hors l'affection, tout est leurre ;
L'indifférence est un poison,
Que jamais elle ne t'effleure :
Suspecte même la Raison.

Ah ! d'aimer ne sois jamais lasse !
Profite de tous les instants
Que Dieu donne, car le Temps passe
En roulant ses jours inconstants.

Sois amour ! Qu'importe autre chose ?
Qu'importe, chanter ou rimer ?
Qu'importe l'ortie ou la rose ?
Ne nous suffit-il pas d'aimer ?

Verse, verse toute ton âme
Dans mon âme pleine de foi,
Car elle brûle d'une flamme
Qui prend toute sa vie en toi !

Comme le lierre étreint l'écorce
D'un arbre, et prend sa sève en lui,
Aime-moi de toute ta force,
Demain encor plus qu'aujourd'hui !

VII

ADORATION

O Femme ! ô Bien-Aimée ! ô de mon cœur l'Elue !
Extase qui du ciel est pour moi descendue !
Etoile de mes nuits ! de mes jours chaud soleil !
Vision de mon soir ! Rêve de mon sommeil !
Volupté de mes sens fondus dans mes pensées !
Source des lents baisers où mes lèvres froissées
S'abreuvent d'idéal et de réalité !
Paradis entr'ouvert sur ta divinité !
De l'aube jusqu'au soir, du soir jusqu'à l'aurore,
Comme un dieu sur l'autel, ô Femme ! je t'adore !

VIII

PARADIS

Pendant que ton corps nu, splendide,
Etait inerte à mon côté,
Je sentais ton âme candide
Frémir sous notre volupté ;

Tu restais muette et pâmée
Entre mes bras, roseaux tremblants,
Et ma bouche, comme une àlmée
Par des mouvements vifs et lents,

Formait des danses et des pauses
Depuis ton beau front triomphant,
Passant par tes seins blancs et roses
Jusqu'à tes petits pieds d'enfant.

Et comme un nectar dans un vase
Qui s'échapperait de ses bords,
Je buvais l'amour et l'extase
Qui se répandaient de ton corps.

La terre s'en était allée !
Je m'en souviens, je te le dis :
Mon âme à la tienne mêlée
Avait trouvé le paradis !

IX

Puisque tu partageas mes tristesses humaines,
Puisque tu fus le Dieu de mon sombre Sion,
Puisque tu bus mes pleurs et que tu pris mes peines,
Puisque tu m'apportas la Consolation ;

Puisque comme un doux ange aux célestes prunelles
Ton regard rayonna sur mon obscurité,
Puisque tu m'abritas dans les plis de tes ailes,
Pour défendre mon cœur contre l'adversité ;

Puisque je mis mon front sur tes lèvres tremblantes,
Puisque tu me pressas sur ton corps palpitant ;
Puisque tu pris ta part des ivresses troublantes,
Puisque tu me reçus sur ton sein haletant ;

Puisque tu m'étreignis de baisers, ces dictames,
Baisers passionnés et tendres tour à tour,
Puisque se sont fondus les élans de nos âmes,
Puisque je pris en toi l'extase de l'amour,

Je t'appartiens ! Ma vie est maintenant ta vie ;
Les heures et les jours peuvent suivre leur cours,
Entre mes bras, jamais tu ne seras ravie,
Et mon cœur est fondu dans le tien pour toujours.

X

Si vous passez sous ma fenêtre
Ouverte à tous les passereaux,
Où le vent glacial pénètre
Sans percer vitres ni rideaux ;

Si vous avez au fond de l'âme
Un sentiment de charité
En voyant mon âtre sans flamme,
Compagnon de ma pauvreté ;

11

Si vous regardez ma demeure
Où je n'ai plus de jours joyeux :
Je vous sourirai si je pleure
En apercevant vos doux yeux !

XI

Je voudrais nuit et jour pendant ma vie entière
Me tenir à genoux,
Pour te dire sans fin l'éternelle prière
Qu'on se dit entre époux :

La prière d'amour ! et c'est la plus divine !
Je voudrais m'épuiser
A mettre tout mon cœur sur ta bouche câline
Dans un divin baiser !

Oui, je voudrais en toi, brûler comme une flamme
— O mes vœux les plus chers ! —
Et ne faire qu'un corps et ne faire qu'une âme
En mélangeant nos chairs !

Je t'aime tant, vois-tu, que je voudrais des ailes
      Pour t'emporter au ciel,
Dans le bleu paradis des houris immortelles
      Loin du monde réel !

Car ce que j'aime en toi, c'est ton âme si belle,
      Rayon de ton beau corps !
Et je voudrais sans cesse avoir mon âme en elle
      Lorsque nous serons morts !

Cela sera ! L'amour au tombeau doit survivre
      Et toujours demeurer ;
Or, dans l'Éternité, je veux toujours te suivre
      Pour toujours t'adorer !

OCTOBRE

Comme une vierge attristée et pâlie,
La fleur d'automne a perdu ses couleurs ;
Sur elle, Octobre a versé tous ses pleurs :
Elle se meurt de sa mélancolie.

Le soleil d'or dans le ciel s'est éteint ;
L'éther diffus est désert et sans vie,
Depuis hier l'hirondelle est partie
Et le brouillard plane dès le matin.

Le jour est gris ; une froide rosée
Couvre la mousse et les arbres des bois
Où la fauvette, inquiète et sans voix
Cherche un repos pour son aile épuisée.

La vigne-vierge a des tons de carmin
Et son adieu la rend plus rougissante ;
Du marronnier, la feuille jaunissante
Lentement tombe et court sur le chemin.

Le ruisseau coule avec moins de vitesse,
La libellule est morte dans ses eaux ;
La bise y souffle au milieu des roseaux
Et leur fait dire un chant plein de tristesse.

Tout se recueille. Oh ! le navrant baiser
Que la nature envoie à toute chose !
Demain, hélas ! va s'effeuiller la rose
Et sur le sol le nid va se briser !

Et puis l'hiver par ses rudes rafales
Balayera les feuilles et les nids ;
Sous les glaçons les vieux bois dégarnis
Se couvriront de stalactites pâles.

O mon amour ! garde-toi de l'hiver !
Même, prends garde aux frissons de l'automne ;
Enlace bien le cœur de ta Mignonne
Et sois pour elle un printemps toujours vert !

Ne laisse pas s'amoindrir tes ivresses,
Conserve en toi la gaieté des beaux jours ;
La fleur se meurt et les échos sont sourds :
Retrouve encor tes vivantes caresses !

L'automne rêve en son morne horizon ;
La sève semble à jamais endormie,
Octobre pleure... Ah ! je veux que ma mie
Ne sache rien de l'arrière-saison !

Compiègne, 188.

SÉRÉNADE

Chaque matin, ma belle,
Comme un doux oiselet
Tendre et toujours fidèle,
Je viens à tire-d'aile
Te chanter mon couplet :

L'amour est douce chose !
Tu le savais vraiment ?
Que sur ta lèvre rose
La mienne, ivre, se pose,
L'amour, dis, c'est charmant !

C'est la vie et c'est l'âme
Qu'on boit dans un baiser ;
Il brûle par sa flamme,
Ma lèvre le réclame
Pour toujours l'attiser !

Chaque matin, ma belle,
Comme un doux oiselet,
Tendre, et toujours fidèle,
Je viens à tire-d'aile
Te chanter mon couplet !

XIV

SOIS BÉNIE !

Dieu mit en toi son céleste rayon
Pour que tu fus ma lumière et ma flamme ;
Il te créa pour fleurir mon sillon
Et pour combler le vide de mon âme.

Je n'étais plus qu'agonie et tourment,
Le mal faisait chanceler tout mon être,
Je n'avais plus à vivre qu'un moment
Quand il te fit à mon cœur apparaître.

De mon passé filtraient des pleurs de sang ;
Je me, noyais dans une mer de larmes,
J'étais tombé sous l'Amour, ce passant,
En me blessant au coupant de ses armes ;

Ou tel l'oiseau, par le vautour atteint
Qui se débat dans des serres cruelles,
Dont le regard s'obscurcit et s'éteint,
Et qui se meurt en étendant les ailes ;

Ainsi le Mal, cet énorme vautour
M'ouvrait le flanc par mille déchirures ;
Et je priais et luttais tour à tour,
Perdant le sang par toutes mes blessures,

Lorsque tu vins chasser l'oiseau brutal ;
Tu ramassas mon cœur gisant à terre,
Et le couchant sur un lit nuptial,
Sur lui tu mis un baume salutaire ;

Tu le veillas sans cesse, nuit et jour ;
Tu le calmas de sa longue souffrance,
Tu le guéris par ton puissant amour,
Tu lui donnas la joie et l'espérance :

Pour lui tu fus un invincible appui,
Lorsque sa plaie enfin se fut fermée...,
Femme ! mon cœur est ta chose, et par lui,
Sois à jamais bénie et bien aimée !

XV

Mon cœur est plein de toi ! Vois-tu ma bien-aimée,
Quand descendant du ciel l'aurore parfumée,
Prend dans ses doigts légers les calices des fleurs
Pour les baisers cent fois, et les emplir des pleurs
Que la Nuit a versés sur ses longs cheveux d'ambre !
Lorsque le jour emplit de lumière ta chambre
En inondant ton corps des rayons du soleil,
Ton corps, qui sous leurs feux palpite plus vermeil ;
Ou comme l'Océan baignant chaque rivage,
Roulant jusqu'à pleins bords ses eaux de plage en plage
Vagues et flots remplis du vol des alcyons ;

Ou comme un champ, l'été, couvert de blonds sillons ;
Ou bien comme une nuit qui replierait ses voiles
Pour montrer l'infini plein d'azur et d'étoiles ;
Ou comme une âme pleine et d'espoir et de foi :
Ainsi mon doux amour, mon cœur est plein de toi !

XVI

NE PLEURE PAS !

Ne pleure pas, ô ma chère âme !
Les pleurs, vois-tu, fanent les yeux :
N'amoindris pas leur pure flamme,
Ne mouille pas leurs cils soyeux !

Quand je te sais triste et morose,
Mon cœur chancelle et pleure aussi :
Dans tes rêves, cueille la rose
Et ne cueille pas le souci !

Ne pleure pas ! va, ma tendresse
Saura t'épargner les douleurs ;
Je veux que ce soit une ivresse
Que l'on trouve au fond de tes pleurs !

Ne pleure pas, ô ma chère âme !
Les pleurs, vois-tu, fanent les yeux ;
N'amoindris pas leur pure flamme,
Ne mouille pas leurs cils soyeux !

XVII

Si tu savais combien est brève
La seconde où l'on a vingt ans !
Comme le temps fuit comme un rêve
Et comme est menteur le printemps !
Si tu savais comme l'ivresse
Meurt en éclosant au désir,
Et comme la joie est traîtresse
Cuisante même au souvenir !
Si tu savais ce qu'est la Femme,
Abîme, où t'entraînent tes pas,
Si tu voulais garder ton âme

De la torture et du trépas !
Si tu savais quelle amertume
Contient le calice du cœur,
Et quel infernal feu consume
Ce qu'on appelle le bonheur !
Si tu savais toutes ces choses
Enfant au front pensif et lourd,
Tu briserais les chaînes roses
Qu'en souriant te tend l'amour !

XVIII

AUX ANDELYS

En rêvant je montais vers le Château-Gaillard.
Devant moi s'étendaient les débris d'un rempart,
Qui protégeait jadis le donjon formidable.
Qu'il devait être grand, immense, redoutable
Ce château fort bâti par le Cœur de Lion !
Qu'il devait fièrement porter le pavillon
Qui ralliait à lui la noblesse normande !
Dominant de partout la montagne et la lande,
Dans la Seine, les pieds, la tête dans les cieux,
Il devait ressembler au géant orgueilleux
Qui luttait contre Dieu, la tête dans les nues.

Comme il dut retentir du choc des lames nues !
Combien il dut braver d'assauts et de combats !
Comme les assaillants sur les chemins, en bas,
Pour sa taille, devaient lui sembler méprisables !

C'est un château comme on en parle dans les fables.

Il a ses hauts donjons construits sur un rocher
Avec ses fossés dont on ne peut approcher
Tant l'eau qui les remplit semble perfide et sombre.
Autour de lui ses murs jettent partout de l'ombre ;
Son pont-levis de chêne et ses herses de fer
En s'abaissant ont l'air d'une porte d'enfer ;
Aux centres des sommets de ses tours crénelées
Flottent des étendards, loques échevelées
Que le temps a déjà déchirés de ses dents.
Des sentinelles, là, surveillent en dedans
Aussi bien qu'en dehors, l'énorme forteresse ;
La hallebarde au poing, elles font sans paresse
Leur ronde journalière. Aux bastions, dans la cour,
Des hommes d'armes vont surveiller à leur tour
Les conduits souterrains qui descendent au fleuve ;
Et le vieux gouverneur sous sa cuirasse neuve,
Inspecte les soldats rangés sur les remparts.

Tout au loin vers Gaillon, on voit de toutes parts
Des bandes d'ennemis s'avancer vers la roche,

C'est comme un flot lointain qui s'étend et s'approche,
Et qui se fait roulant pour atteindre ses murs.
Bientôt, Français, Normands, hommes jeunes et mûrs
Se jettent le défi, provoquent la bataille ;
Chacun veut égorger un héros à sa taille ;
Le fer frappe le fer, et sous l'horrible choc
A sa base frémit le formidable roc.
Ce sont des cris confus de haine et de vengeance,
Des imprécations et des cris de souffrance ;
Des pavillons flottants, abattus, relevés,
Des galops de chevaux sur les chemins pavés,
Des trompettes sonnant la charge et le carnage,
C'est un bruit qui ressemble à celui de l'orage
Quand la foudre et le vent se partage les airs.

A cela je songeais sur ces débris déserts.
Puis un autre sujet venait à ma pensée ;
Je voyais le château dans sa splendeur passée
Reposé du combat.
                        Chez le vieux gouverneur,
Dans les appartements construits en son honneur,
Passent des chevaliers avec des damoiselles ;
Les uns, sont fiers, hautains, et les autres sont belles.

A son donjon venu pour y rester un jour,
Richard Cœur de Lion assemble là sa cour.
De ses puissants vassaux, il y reçoit l'hommage ;

Il loue à haute voix leur force et leur courage,
Leurs actions d'éclat ou leur témérité ;
Il prodigue l'éloge à qui l'a mérité,
Pour les moins diligents, il réserve ses blâmes,
Et d'un geste courtois, il accueille les dames.

Or le vieux gouverneur à l'œil franc et loyal
Attend le bon plaisir de son hôte royal ;
Le casque sur le poing, il se tient à distance.

Lorsque le roi Richard a fini la séance,
Il se lève et s'en va vers le vieux serviteur
Et familièrement, il lui fait cet honneur,
De lui prendre le bras. Le duc de Devonshire,
Glocester et d'York échangent un sourire,
Mais Richard s'arrêtant, dit d'un air solennel :
« Messieurs, saluez donc ! c'est mon brave Blondel ! »

Toutes ces visions emplissaient ma pensée.

Et j'avais devant moi cette gloire passée :
Quelques pierres, des murs écroulés, pantelants,
Où parfois les lézards, au soleil, somnolents,
Se chauffent ; des fossés, herbeuses fondrières,
Une tour éventrée, avec ses meurtrières
Où croissent les lichens et le maigre chardon.
Partout vide, silence, oubli, mort, abandon ;

Et le temps avait fait dans cette solitude
D'un superbe géant, une décrépitude.

J'étais pensif aù seuil du débris colossal.

La Seine au bas, roulait ses ondes de cristal
Baignant paisiblement ses deux rives tranquilles,
En contournant les caps, en resserrant les îles
Dont je n'apercevais que les grands arbres verts.
Une chèvre broutait près de moi ; dans les airs
Voltigeaient des oiseaux ; un riant paysage
Narguait par sa fraîcheur la ruine sauvage,
Et le temps destructeur du château féodal
Apportait la jeunesse au cœur de floréal !

XIX

A UN PASSEREAU

Qu'importe au passereau la richesse et la gloire,
Pourvu qu'il ait l'espace autour de son buisson ;
Quelques grains, un peu d'eau claire qu'il puisse boire,
Une mie à laquelle il dira sa chanson !

Dans un lever d'aurore il étire son aile,
Le moindre petit brin d'herbe le rend joyeux ;
Un rayon de soleil le grise, et lui révèle
Les bonheurs inconnus d'un monde merveilleux.

Le printemps fait sa joie ; il oublie et la bise,
Et le vent froid du Nord qui le glaçait l'hiver ;
Il ne voit plus que mai flottant dans le cytise,
La fleur épanouie et le feuillage vert.

Ah ! qu'importe pour lui la bonne chair du riche,
Et que lui fait la gloire et l'immortalité ?
Il sait que tout cela s'en ira sous un friche,
Comme lui, pauvre oiseau ! mais il aura chanté !

Mais il aura vécu sans souillures charnelles,
Il n'aura qu'effleuré la fange Humanité :
Passereau, doux poète, étends larges tes ailes
Pour fuir haut dans le ciel et dans ta liberté !

XX

A LAMARTINE

POUR L'INAUGURATION DE SA STATUE, EXÉCUTÉE

PAR M. DE VASSELOT

O toi! qui dors là-bas, au pied de la colline,
Chantre de Jocelyn et de Graziella,
Tu reviens donc enfin nous dire, ô Lamartine,
Que ton chant se poursuit si ta voix n'est plus là !

Le plus mélodieux des poètes lyriques,
De tes lèvres, les vers comme un vol d'alcyons,
S'échappaient et vibraient, sonores, magnifiques,
O poète immortel des Méditations !

Ta lyre possédait toutes les harmonies,
Mugissantes parfois comme un grand choc de flots,
Elles avaient aussi des douceurs infinies,
Ou, tristes se mouraient comme de longs sanglots.

Lamartine, génie admirable et prodigue,
Qui donnas sans compter ton talent et ton or,
Dont le cœur n'eut jamais ni barrière, ni digue,
L'ingratitude en vain t'enchaînait dans la mort !

En vain, sur toi l'oubli proclamait le silence,
En vain l'ombre voilait ton radieux soleil,
Et la nuit, d'où jamais aucun cri ne s'élance,
Vainement sur tòn front apportait le sommeil !

Lorsque le temps te prit et te coucha sous l'herbe
Du petit cimetière ignoré de Saint-Point,
Ton front mort s'éclaira d'un rayon plus superbe,
Et ton sublime chant s'entendit de plus loin !

Non ! tu ne devais pas t'amoindrir dans la tombe,
Ta lyre ne pouvait comme toi s'arrêter :
L'OEuvre reste immortel lorsque l'homme succombe,
Après la nuit, l'oiseau recommence à chanter !

Lorsque tu t'en allas de ta maison dernière
Qui t'a vu soupirer, rêver, pleurer, vieillir,
Où la brise qui passe en caressant le lierre
Semble lui dire : « Où va ce pieux souvenir ? »

Quelques amis à peine, escortaient ta dépouille ;
Comme un pauvre inconnu tu quittas la maison,
Que ton départ emplit de poussière et de rouille...
Et puis l'indifférence a foulé ton gazon !

Et l'on ne parla plus de toi ; l'ingratitude
Semblait avoir suivi lentement ton cercueil ;
Et tu dormis là-bas, dans cette solitude
Où l'ombre te couvrit de son voile de deuil !

Au chercheur d'idéal, la gloire est bien amère ;
Il semble que son âme a besoin pour grandir
De subir les affronts de la vaine chimère,
Et de beaucoup pleurer et de beaucoup souffrir !

Car celui qui n'a pas bu toutes les ciguës,
Qui n'a pas eu le cœur tenaillé par le mal,
Qui n'a pas distillé les tristesses aiguës,
Celui-là ne sait pas entrevoir l'Idéal !

Mais toi, tu bus vraiment la coupe d'amertume ;
De désillusions en désillusions,
Ton grand cœur martelé comme sur une enclume,
Dédaignant le Réel, vécut ses visions !

O doux amant d'Elvire, ô chantre de Laurence !
Tu connus l'abandon, même avant le trépas ;
Toi qui fus tout amour, tu fus toute souffrance,
Poëte enseveli sous les herbes, là-bas !

★ ★
★

Mais ce temps de l'oubli semble avoir clos sa porte ;
La nuit ouvre son voile à l'horizon vermeil,
Et la lumière enfin, révoltée et plus forte
Comme un nouveau matin salue à ton réveil !

Non loin de ton chalet la foule t'environne,
O Poëte du Lac, ô chantre des douleurs !
En formant à tes pieds une vaste couronne,
Vivante elle t'acclame et t'apporte des fleurs !

Autour de ton image où d'un large coup d'aile,
Le statuaire mit tes traits majestueux,
Nous saluons ton nom, ta mémoire immortelle,
Et la gloire sans fin d'un alcyon des cieux !

XXI

Rose, dont la splendeur énorgueillit le cœur,
Symbole de beauté, fleur de l'Amour vainqueur,
Toi qu'effeuilla Vénus dans la cervoise amère,
Va porter tes parfums à celle qui m'est chère,
Rose dont la splendeur énorgueillit le cœur !

Va mettre sur son front ta pourpre magnifique ;
Dis-lui qu'elle est mon rêve et mon plus doux cantique ;
Toi qui contiens la flamme ainsi que la fraîcheur,
Reine des voluptés, vierge de la candeur,
Va mettre sur son front ta pourpre magnifique !

XXII

POUR SA FÊTE

C'est à genoux que je réclame
La bénédiction des cieux,
Sur ton beau corps, sur ta belle âme,
Mes deux seuls biens délicieux !

Pour ta fête, ma bien-aimée,
J'apporte mes plus tendres vœux :
Que ne puis-je t'avoir pâmée
Dans mes bras souples et nerveux !

Je te souhaite l'allégresse
Dans nos amours pleines d'azur,
Et que s'éloigne la tristesse
De ton front gracieux et pur.

Je souhaite que dans la vie
Que nous passerons tous les deux,
Ton âme soit toujours ravie,
Que ton cœur soit toujours heureux.

Je souhaite que l'amertume
S'envole à tout jamais de toi,
Et que ton beau regard s'allume
Au flambeau de ma forte foi !

Je souhaite que ta jeunesse
Soit : joie, amour, félicité ;
Qu'elle coule vers ta vieillesse
Pleine de ma fidélité.

Qu'en allant où vont toutes choses,
Nous marchions la main dans la main,
Effeuillant les plus belles roses
Partout où sera ton chemin !

Je te souhaite l'Espérance,
Je te souhaite le Bonheur,
Il t'est dû ! Que toute souffrance
S'éloigne de ton front rêveur !

C'est à genoux que je réclame
La bénédiction des cieux,
Sur ton beau corps, sur ta belle âme,
Mes deux seuls biens délicieux !

XXIII

CE QUE J'AIME EN TOI

Oui, j'aime ton superbe corps,
Tes seins magnifiques et forts,
Tes hanches larges en caresses ;
J'aime l'océan de tes yeux,
Tes cheveux ambrés et soyeux,
Ta bouche, source des ivresses !

Oui, je suis fou de ta beauté!
Ton étreinte et ta volupté,
Sont les meilleurs biens de ma vie !
J'adore les divins moments,
Où nos puissants enlacements,
Nous font une extase infinie !

Mais j'aime encore mieux en toi,
Ton âme, ton cœur et ta foi,
Ton amitié tendre et fidèle :
L'amitié demeure toujours ;
Le cœur ennoblit les amours,
La foi de l'âme est immortelle !

XXIV

LE TEMPS

Un jour passé sans toi me laisse dans la peine ;
Quand je ne te vois pas, je me crois exilé :
Il me semble qu'au fond d'une absence lointaine
Je pleure sur un rêve à jamais envolé.

Loin de toi, mon amour, je sens mon indigence,
Et je songe plus fort à la course du Temps ;
Comme il s'échappe vite, et quelle diligence
Il met à distancer le char de nos vingt ans !

Si je suis près de toi, dans ta chambre bien close,
Je pense que le Temps va bientôt s'achever ;
Qu'il dure moins, hélas ! qu'une fragile rose :
Quand il n'est plus, je crois que j'ai dû le rêver !

De près comme de loin mon exil est le même,
Puisque je ne saurais savourer le réel ;
Mais je sais que de loin comme de près, je t'aime,
Et que le temps n'est rien pour mon cœur immortel !

LIVRE TROISIÈME

LA DERNIÈRE NUIT

LA DERNIÈRE NUIT

A mon ami Barentin.

LA MUSE

Pourquoi m'as-tu quittée enfant au front morose,
Et que t'avais-je fait pour me laisser ainsi ?
Depuis longtemps ta porte à mes pas était close,
Et tu voulais me fuir et m'éloigner d'ici.
Et quoi ! cher insensé, pensais-tu que la vue
De celle qui t'aimait d'un amour idéal
Fût à ton pauvre cœur un objet si fatal,

Que tu dus t'en garder comme d'une inconnue ?
Je te revois enfin ! mais est-ce encor bien toi ?
Je ne retrouve plus la douce rêverie
Qui flottait sur ton front, comme dans la prairie
Flotte le brouillard bleu sur le lys qui le boit ;
Ton regard où l'Amour noyait sa tendre image,
Où pour mieux me parler il mettait ton langage,
Ton regard s'est éteint comme un soleil glacé !
Où donc se sont enfuis ces rêves du passé ?
Qui versa cette nuit sur ta bouche pâlie ?
Ah ! si je te fus chère, et si ton cœur toujours,
A conservé les feux de nos saintes amours,
Dis-moi quel est le mal qui ronge ainsi ta vie,
Quel est le poison lent qui gangrène ton cœur
Et quel est le tourment, et quelle est la douleur
Qui montent de ton sein à ta lèvre flétrie ?

LE POÈTE

Qui me trouble dans cette nuit ?
Qui près de moi marche sans bruit
Et me visite en ma détresse ?
Est-ce toi qui viens me parler
Souvenir, et me consoler
Avec la voix de ma maîtresse ?

Mais tu sais que depuis longtemps,
Que depuis le dernier printemps,
Tu sais que ma maîtresse est morte :
La feuille tombe bien souvent
De l'arbre qui résiste au vent,
Et le moindre souffle l'emporte !

L'absence, n'est-ce pas la mort ?
L'oubli, comme une rouille, mord
Le passé qui fut notre vie.
La Bien-Aimée, un jour de deuil,
En pleurant a quitté mon seuil,
Et depuis lors elle m'oublie !

D'ailleurs, je n'ai plus rien en moi
Qui puisse rappeler la foi
Dans des jours de bonheur jurée ;
Je suis le spectre d'un vivant,
Je marche à la tombe en rêvant
A ma pauvre Muse éplorée !

C'est Elle qui m'avait appris
A lire ce que les Esprits
Ecrivent en lettres divines,
Sur la mer, sur le firmament,
Sur le miroir du lac dormant
Ou sur le sommet des collines...

Nous allions la main dans la main
En chantant le long du chemin,
M'essayant à porter la lyre ;
Et dans un baiser triomphant,
Je posais ma bouche d'enfant
Sur la sienne, dans mon délire !

A l'aurore, aux rayons couchants,
Je bégayais mes premiers chants,
Dirigés constamment par Elle ;
Plaçant les cordes sous mes doigts,
Elle m'enseignait de la voix
L'emploi de la Lyre immortelle !

O ma Muse, ils ont fui les jours
Aussi vite que nos amours !
Et toi-même t'en es allée !
Et je suis resté dans ma nuit,
Seul, abandonné, sans appui,
L'âme à jamais inconsolée !

L'Oubli sur moi met son linceul ;
Les jours me trouvent toujours seul,
Pleurant mes peines dans leur ombre,
O souvenirs, sonneurs de glas !
Ma Muse ne reviendra pas
A l'appel de votre voix sombre !

Retirez-vous et me laissez !
Vos rêves se sont effacés
Comme des aubes éphémères.
Si soudain vous vous réveillez,
Sur moi, vous vous apitoyez...
Mais vous n'êtes que des chimères !

LA MUSE

Ami, je ne suis pas un souvenir lointain
Qu'on évoque ou qu'on prie en lacérant son âme ;
En mon sein j'ai gardé la chaleur et la flamme
Dont il était pour toi rempli dès son matin.
Je ne suis pas la voix d'un fantôme qui passe
Effleurant d'un vain son l'oreille d'un enfant ;
Et si naguère encor je fus courbée et lasse,
Ce fut par ton malheur qui de moi se défend.
Ce fut de te savoir faible comme un homme ivre,
Humilié, vaincu devant l'adversité,
N'espérant plus en rien, désespéré de vivre,
N'ayant plus ni désirs, ni larmes, ni fierté.

Mais si tu m'as bannie en un jour de faiblesse
De la place où l'amour me traînait sur tes pas,
Je t'ai suivi toujours des yeux de la tendresse
Et je n'ai pas voulu te voir tomber plus bas.

Regarde-moi poète, et reconnais ta Muse,
Elle est là pour veiller sur ton luth qui se rompt ;
Aucun fantôme ici ne parle et ne t'abuse,
C'est bien moi ! je reviens t'embrasser sur le front !
Je reviens pour sauver ta barque du naufrage
Et la conduire au port à travers les écueils ;
Pour me mettre à sa barre et te crier : courage !
Les flots roulent, hélas ! déjà trop de cercueils !
Oui, je vois la souffrance à ton visage blème,
A ta tête penchée, au bistre de tes yeux,
Mais je reviens à toi, mon poète que j'aime,
Et j'apporte en mon cœur un renouveau joyeux !

Ecoute ! n'est-ce pas des bruissements d'ailes,
N'est-ce pas des chansons qu'on entend ce matin ?
L'aurore ouvre l'espace aux vols des hirondelles,
Et les cloches déjà sonnent dans le lointain.
Allons, reprends ton luth, ta bien-aimée écoute,
Renvoie avec la nuit tes sombres visions,
Et suivant de l'espoir la lumineuse route
Marche encor vers l'amour et les illusions !
Quitte ta chrysalide attachée à la terre :
Vois, le soleil se lève et tout devient rayon,
Avril éclate en joie et l'horizon s'éclaire,
Renais et prends ton vol, céleste papillon !

LE POÈTE

J'ai vu chaque saison renaître
Sans avoir jamais cessé d'être
Une tombe, un vide, un néant !
Car, laissant ouverte leur porte,
Chacune d'elles passe, emporte,
Notre vie à pas de géant !

Depuis longtemps, j'ai l'habitude
De songer dans ma solitude
Aux choses qui nous font souffrir,
Et j'ai connu que l'espérance
Etait une vague souffrance
Aussi bien que le souvenir !

LA MUSE

Ecoute tous ces bruits, toutes ces voix lointaines,
Ce va-et-vient joyeux des ruches en travail,
Ce vaisseau de la vie aux immenses antennes
Dont Dieu conduit la course et tient le gouvernail.
Ecoute ami ! c'est Dieu qui vibre et qui tressaille,
Et qui dès le matin fait monter jusqu'au soir,
Comme un filet sans fin, serrant en chaque maille

Ce sénévé divin qu'on appelle l'espoir !
Espère donc encore ! à moitié de ta route
Pour pleurer ton destin, non, ne t'arrête pas ;
L'humanité s'éveille et le jour vient : écoute !
Ta Muse est revenue et va suivre tes pas !

LE POÈTE

Il est trop tard ! mon temps s'achève,
Il finit comme un mauvais rêve
Et ma nuit sera sans réveil !
Le jour paraît, l'ombre l'emporte,
L'espérance a passé ma porte,
Et j'ai vu coucher mon soleil !

LA MUSE

Ta parole est amère et je vois que l'absence
A jeté sur ton cœur le voile de l'oubli ;
Rien ne remue en lui, rien n'écarte le pli
Qui lui dérobe, hélas ! la douce souvenance !
Ta maîtresse revient et le printemps renaît,
La nature s'émeut, l'aube vient de descendre,
Et la création entière sait comprendre
Cet hosanna d'amour que ton cœur méconnaît.

N'as-tu donc plus en toi ni force ni prière,
L'âme qui ne meurt pas sommeille-t-elle en toi,
Pour qu'elle reste, hélas ! froide comme une pierre
Que n'échauffe jamais le soleil de la foi ?
Ah ! si tu fléchissais les genoux dès l'aurore,
Si le jour, si la nuit, dans une sainte ardeur,
Tu suppliais Celui que l'homme juste adore,
Tu trouverais la paix et le calme du cœur.
Tu ne maudirais pas l'instant qui t'a fait naître,
Ni ceux qui depuis lors sont venus après lui :
Ce n'est pas pour mourir que Dieu t'a donné l'être,
Et ce n'est pas en vain que son beau soleil luit !
La vie est une lutte ; il faut à l'homme sage
Une armure d'amour contre l'adversité ;
Patient, espérant, voilà son vrai courage,
Tandis que la révolte est une lâcheté.
Des beaux jours révolus tu n'as plus la mémoire,
La nature au réveil ne saurait te charmer ;
L'humanité te semble une bien vieille histoire,
Poëte refroidi ! ne sais-tu plus aimer !

LE POÈTE

O ma Muse, ton âme ignore
Le vrai mal dont je souffre encore

14

Et qui me fait désespérer ;
Et si ma parole est acerbe,
Si je n'ai plus le front superbe,
Si je ne sais plus adorer,

Tu ne sais pas ce que l'absence
Mit en moi de désespérance,
Combien l'homme me fut méchant ;
Tu ne sais pas quelle tristesse
A noyé toute ma tendresse
Emportant ma lyre et mon chant !

Depuis que tu t'en es allée
Mon âme toute inconsolée
A quêté partout l'amitié ;
Ceux qui lui faisaient une fête,
N'ont pas même tourné la tête,
N'ont même pas eu de pitié !

LA MUSE

Est-ce assez pour maudire et jeter l'anathème
Sur ton prochain que Dieu bénit comme toi-même ?

LE POÈTE

J'ai cherché dans ma pauvreté
Qui soulagerait ma souffrance :
Je n'ai trouvé qu'indifférence
Et je fus souvent insulté ;
Et l'ami de mon temps prospère,
Feignant d'ignorer ma misère
Ne revint plus de mon côté !
Celui que je disais affable
Et qui s'asseyait à ma table
Lorsqu'il me savait fortuné,
— Celui-là venait à toute heure : —
Hier, il a passé ma demeure
Sans même s'être retourné !
Avec mon luth de porte en porte,
Je suis allé chanter mes vers :
On m'a regardé de travers
Comme une bête déjà morte !

Moi-même aussi j'ai regardé,
Longtemps je me suis attardé
A contempler la race humaine ;
Partout j'ai vu la vanité
Recouvrir l'imbécillité
Et lui donner un air de reine !

Toujours, j'ai vu le parvenu
S'étendre sur son revenu
Pédant et grossier comme un cuistre ;
Turcaret qui se croit bien fort,
Parce qu'il entasse de l'or
Qu'il a volé comme un ministre.

Et l'or n'a pas de détracteurs ;
Il est la clef de tous les cœurs,
Des humains il est le seul maître ;
Les amitiés et les amours
Haussent, baissent, suivant son cours,
Du cœur il est le thermomètre.

Malheur au chercheur d'idéal
S'il n'a pour lui ce vil métal
Qui fait admirer l'imbécile ;
Le rêveur est un insensé,
Le jouisseur est encensé
Et pour lui le monde est servile.

J'ai vu le talent méconnu,
Ayant le tort de marcher nu
Sans boursouflure et sans réclame,
Tandis que le plus sot roman
Qu'un auteur habille en braiment
La foule applaudit et l'acclame !

J'ai vu le pauvre repoussé,
Mendiant honteux et glacé
Par le viveur, riche égoïste ;
J'ai vu ce pauvre certain soir
Se suicider de désespoir
Pour qu'au moins le néant l'assiste !

Partout j'ai vu la charité
Criant sa libéralité
Eclater en feu d'artifice,
Dont l'effet était escompté :
Je ne crois plus qu'à la bonté
Qui rapporte un gros bénéfice.

J'ai vu l'orphelin de son nid
Par la mort et le deuil banni,
Frappé malgré son innocence ;
Déshérité par le Destin
Je l'ai vu triste à son matin,
Et malheureux dès son enfance !

L'Ecœurement, l'Ennui profond,
Sont venus me troubler au fond
De mes études préférées ;
En mon être ils ont soulevé
Cet immense et pesant pavé
Des tristesses démesurées.

Et ma joie a fait place aux 'pleurs,
Et la Lyre dans mes douleurs
Sous mes débiles doigts s'est tue.
C'est l'amer découragement
Qui m'étreint outrageusement
Et qui me brise et qui me tue !

Et maintenant il est trop tard
Pour me dérober sous le fard
La repoussante face humaine ;
Je sais le prix de la vertu,
L'honneur ne vaut pas un écu
Et l'amour est une rengaine !

LA MUSE

Arrête !... l'ironie à ta bouche sied mal !

LE POÈTE

L'existence est un carnaval !

. . . .

Tu le vois, le mal qui me ronge
Ne vient pas de ce long mensonge

Qui surprend les cœurs de vingt ans.
Ce n'est pas la Femme parjure
Qui m'a fait cette meurtrissure
Dont je saigne depuis longtemps.

Femme ! si ton cœur me fut traître,
Le mien fut toujours le grand prêtre
Qui n'a cessé de t'adorer.
Non, non ! c'est la nature entière,
C'est ce vil amas de poussière
Qui m'écrase et me fait pleurer !

LA MUSE

Le bien-être d'antan est chose si fragile !
Le Temps sur ton bonheur a passé trop agile
Emportant avec lui ton cœur et ta raison !
Il a flétri ta lèvre, arrêté ta chanson,
Il a courbé ta force et vaincu ta jeunesse ;
Sur ton front il a mis le sceau de la vieillesse
En voilant à tes yeux le céleste horizon !
Tu bus comme à plaisir la coupe de poison
Que le destin t'offrait pour peser ton courage ;
Tu n'as plus ta fierté, la pauvreté t'outrage,
Et tel un arbre mort, tu languis dépouillé.
Ou comme un faible oiseau par l'orage mouillé,

Qui ne saurait attendre un rayon secourable,
Et dirait : « La Nature est une misérable !
Elle eut grandement tort de prendre le souci
De créer les oiseaux pour les mouiller ainsi ! »
Et qui se blottirait dans un trou de muraille,
Et qui mesurerait l'Univers à sa taille,
Maudissant la vie en son cerveau rétrécit,
Et nierait le soleil, parce qu'il est transit !
Poète, oiseau des cœurs, si mouillée est ton aile,
Si l'orageux destin t'a couché sur le sol,
Il faut croire en l'amour pour reprendre ton vol
Et conserver au cœur l'espérance immortelle !
Sans gémir ni maudire ah ! tu devrais bénir,
Dieu qui créa le monde et le fait resplendir
De toutes les beautés dont mon âme est émue.
Recueille-toi, contemple, et des cieux l'étendue,
Et compte si tu peux, ces astres, ces soleils,
Qui se meuvent sans cesse en des cercles vermeils,
Attirant par leurs feux les regards de la terre ;
Songe à l'immensité des mers, des océans,
Enserrant par leurs flots notre vivante sphère
Et qui sans se lasser lui caressent les flancs !
Vois les superbes monts aux cimes inconnues
Qui pour mieux les étreindre escaladent les nues,
Dérobant aux mortels leurs baisers aériens !
Dans ta pensée errante, approfondis les biens
Qu'à profusion Dieu répand sur toute chose ;

Vois l'insecte chétif s'attacher à la rose,
Vois l'arbre des forêts prêter son torse altier
Au lierre qui l'enlace et s'y pend tout entier ;
Même le dur rocher, pour accueillir la mousse,
Se laisse par la pluie attendrir et s'émousse !
Les étoiles, la nuit, guident les voyageurs,
Indiquant le chemin par leurs douces lueurs ;
Les ruisseaux, pour charmer les vallons, les collines
Ont des sons argentins et des voix cristallines,
Le soleil bienfaisant fait mûrir les moissons
Et les bois pour te plaire éclatent en chansons ;
Tout se meut pour l'Amour, pour l'Espoir, pour la Vie !
La Terre t'y réclame et le Ciel t'y convie,
Et si l'Homme parfois se fit rude et cruel,
Oublie, et prends ton vol comme un fils d'Ariel
Dédaignant le méchant, fragile créature,
Pour planer en aimant dans l'aimable Nature !
N'es-tu pas mon disciple et mon doux bien-aimé ?
Ah ! reviens, mon poète, à ta Muse fidèle !
A la saine raison, ne reste pas rebelle
Et que ton cœur au mien ne reste plus fermé !
Viens, viens comme autrefois rêver auprès des sources,
Reprenons par les monts, par les plaines nos courses,
Et que le jour, marcheur toujours en mission,
Salue à son lever ta résurrection !
Oh ! ne t'attarde pas à pleurer l'existence
Car il fait bon de vivre et de chanter encor,

De l'ombre, à la clarté, viens, franchis la distance,
Lève-toi ! dans tes mains, reprends la harpe d'or !
Ne redis plus jamais que nos amours sont mortes,
Tu le sais, tu le sais ! l'amour ne peut mourir,
C'est un souffle divin qu'en toi-même tu portes
Lève-toi, lève-toi ! ta douleur va finir !

LE POÈTE

Malgré ta voix pleine de charmes,
O ma Muse, je souffre encor ;
Ne vois-tu pas couler les larmes
Qui de mes cils sont à plein bord ?
La douleur à mon flanc s'attache,
Mon sein brûle sous le poison :
Ah ! prends mon cœur et me l'arrache,
La mort sera sa guérison !

Oui, j'aimerais pouvoir te suivre,
Soit dans les champs, soit dans les bois,
Heureux d'aimer, heureux de vivre,
En folâtrant comme autrefois.
J'aimerais voir sous la feuillée
Se balancer le nid joyeux,

Et dans la plaine ensoleillée
S'épandre les flocons soyeux.

J'aimerais près des sources vives
Entendre le bruit argentin,
J'aimerais voir les fleurs hâtives
S'habiller d'or et de satin ;
J'aimerais boire aux creux des roches
L'onde limpide du matin ;
J'aimerais entendre les cloches
Carillonner dans le lointain !

J'aimerais, marchant côte à côte,
Avec toi, le long du chemin,
Que mon cœur devienne ton hôte
Et que ma main tienne ta main !
Je voudrais, oubliant l'injure
Que l'absence m'a fait subir,
Nous aimer tant, que la Nature
De plaisir se sente rougir !

Oui, j'aimerais reprendre encore
La Lyre immortelle en mes mains,
Et devant toi chanter l'aurore
Sans voir le mépris des humains !
Ravi par ta sainte présence,
J'aimerais marcher hardiment

Vers l'amour et vers l'espérance
Comme un noble et fidèle amant.

Mais, hélas ! je souffre et je pleure
Un mal qui ne se guérit pas.
Ne vaut-il pas mieux que je meure
Que de me traîner aussi las ?
Ah ! trop longue fut ton absence,
Les larmes ont noyé mon cœur ;
Rien ne vibre, rien ne s'élance
En mon sein, hormis la douleur !

Je t'ai trop longtemps attendue
Pour m'aider et me secourir :
Mais je baise ta main tendue
O ma Muse ! je vais mourir !
Le jour monte et brise ma chaîne,
Je vois luire un soleil nouveau,
L'Eternité calme et sereine
M'ouvre la porte du tombeau !

Avant qu'elle ne soit fermée
Sur ma dépouille, à tout jamais,
Sache, sache, ô ma bien-aimée,
Que dans l'attente je t'aimais !
Sache que j'ai fourni ma tâche
Sans résultat, mais vaillamment,

Que je ne fus jamais un lâche
Et que je me meurs en t'aimant !

. . . .
. . . .
. . . .

Je sens s'amoindrir la blessure
Que m'a faite l'Humanité ;
Mon âme espère et se rassure
En montant vers l'Eternité !
Adieu, ma Muse, adieu Nature !
Brillez soleils silencieux !
La lumière augmente et s'épure :
Psalmodiez, harpes des cieux !

FIN

TABLE DES MATIÈRES

LIVRE DEUXIÈME. — LES JOIES.

LIVRE TROISIÈME. — LA DERNIÈRE NUIT

Compiègne — Imprimerie A. MENNECIER, rue Pierre-Sauvage, 17.